Le Livre de Poche Jeunesse

LES VENTS D'ÉMERAUDE

Halden

Bruno Martin, dit Halden, connaît parfaitement bien l'univers du Krozmoz, inventé par Ankama. Scénariste et auteur, il raconte la longue saga des Dofus à travers différents médias, du jeu vidéo au dessin animé.

DOFUS®

LES VENTS D'ÉMERAUDE

ÉCRIT PAR HALDEN

AVEC LA PARTICIPATION DE TOT

Illustration de couverture : Xa
Illustrations intérieures : Takeshi Jonoo
Design cartes : Franho

D'après l'univers du MMORPG DOFUS.

ankama

UN LIVRE PAS COMME LES AUTRES

L'ouvrage que vous tenez entre les mains est un peu particulier. Certes, comme dans tous les romans d'aventures, il y a une histoire que vous allez découvrir au fil des pages. Il y a un héros, des adversaires, des obstacles à surmonter.

Mais ce livre est aussi un jeu. Un jeu avec ses règles, que nous allons présenter ici.

QUEL EST LE PRINCIPE ?

Le texte du récit est découpé en paragraphes. Chacun de ces paragraphes porte un numéro. Tout au long de votre lecture, vous passerez d'un paragraphe à l'autre en suivant l'ordre indiqué dans le texte, et non l'ordre habituel. Ainsi, le paragraphe **1** *pourra vous mener au paragraphe* **116** *ou bien au paragraphe* **215**. *Vous aurez en effet des choix à faire. Quel paragraphe aura votre préférence ? Quel chemin allez-vous suivre ? Le destin du héros dépend de vous.*

QUI SERA LE HÉROS ?

Vous seul pouvez répondre à cette question. Car d'une certaine façon, le héros, c'est votre personnage, et un peu de vous-même : vos décisions auront des conséquences importantes pour lui tout au long du récit.

Commencez par choisir l'un des marque-pages qui accompagnent ce livre. Il y en a douze différents : chacun d'eux représente un héros potentiel. Allez-vous vivre cette aventure en incarnant un Iop, ou bien préférez-vous vous glisser dans la peau d'une Eniripsa ?

Une fois que vous avez déterminé quel marque-page vous allez utiliser, munissez-vous d'un crayon, et éventuellement d'une gomme. Ces accessoires vous serviront à prendre des notes sur la feuille de route qui se trouve à la fin de l'ouvrage.

POURQUOI UNE FEUILLE DE ROUTE ?

Au cours de l'aventure, vous allez gérer quelques caractéristiques liées à votre personnage (les Points de Vie, les kamas et les objets de l'inventaire). Vous allez également sans doute prendre quelques notes. La feuille de route va donc vous être très utile.

DES POINTS DE VIE ? QU'EST-CE QUE C'EST ?

Le parcours d'un héros est semé d'embûches, et il est parfois difficile de s'en sortir sans une égratignure.

La bonne santé physique du personnage que vous incarnez se mesure en **Points de Vie**. *Vous commencez avec un total de* **5 Points de Vie**.

Votre personnage perd des Points de Vie quand il subit des blessures. Celles-ci sont indiquées dans le texte des paragraphes.

Si à un moment ou à un autre, vos Points de Vie tombent à 0, votre héros mord la poussière et part au cimetière. Il vous faut alors recommencer l'aventure depuis le début. Eh oui, la mort est un moment difficile à vivre.

Dans certaines situations dramatiques, ou durant des combats particulièrement dangereux, votre personnage peut trépasser alors qu'il lui reste encore des Points de Vie. Heureusement, cela arrive rarement… mais il vous faudra tout de même faire preuve de prudence.

LE HÉROS VA DONC DEVOIR SE BATTRE ?

La vie d'aventurier n'est pas un long fleuve tranquille. Vous devrez régulièrement jouer des muscles. Les paragraphes détaillant un combat sont identifiés par un **numéro souligné**.

Chacun des douze types de héros dispose d'un pouvoir particulier qui peut être utilisé en combat, à la fin d'un paragraphe, et ce un nombre de fois limité. Certains pouvoirs permettent d'éviter de perdre des Points de Vie, d'autres permettent de se soigner.

Y A-T-IL D'AUTRES MOYENS DE RÉCUPÉRER LES POINTS DE VIE PERDUS ?

Les Points de Vie de votre personnage ne se régénèrent pas avec le temps. Outre la possibilité d'utiliser son pouvoir magique en combat, le héros a aussi celle de guérir ses blessures en dehors des affrontements.

Pour récupérer d'un seul coup tous les Points de Vie perdus, il suffit de boire de l'eau de jouvence à la taverne (voir plus loin).

Il arrive que des actions particulières redonnent des Points de Vie (elles sont alors indiquées dans le texte du paragraphe).

Enfin, certains objets comme les potions de soins permettent également de guérir les blessures.

La bonne gestion des Points de Vie du héros est le meilleur moyen d'arriver au bout de l'histoire, il est donc important de ne pas la négliger et de faire les bons choix.

COMMENT S'UTILISENT LES POTIONS DE SOINS ?

Si vous avez trouvé une potion, vous pouvez la boire pour récupérer 1 Point de Vie à la fin de n'importe quel paragraphe, sauf si vous êtes engagé dans un combat. Supprimez la potion une fois que vous l'avez utilisée.

À QUOI CORRESPONDENT LES KAMAS NOTÉS SUR LA FEUILLE DE ROUTE ?

Les kamas sont la monnaie utilisée dans le monde où vit le héros. Ils représentent l'argent qu'il peut dépenser pour acheter des objets ou résoudre certaines situations.

Votre personnage n'a pas de kamas au début de l'aventure. Il pourra en gagner en récompense de services rendus ou en jouant à la taverne. Les gains et les pertes de kamas sont indiqués dans le texte des paragraphes.

LE HÉROS EST-IL ÉQUIPÉ DE PIED EN CAP ?

Votre personnage dispose de tout ce dont il a besoin pour se lancer dans l'aventure : des vêtements (résistants et élégants, cela va sans dire), une arme pour se battre, un sac de voyageur. Tout au long de l'histoire, il pourra trouver d'autres objets qui pourront s'avérer utiles, voire indispensables pour certains.

PEUT-ON TRANSPORTER AUTANT D'OBJETS QUE L'ON VEUT ?

Le nombre d'objets que le héros peut porter est limité. Cette limitation s'exprime sous forme d'un nombre de cases d'inventaire qui figurent sur votre feuille de route. Au début de l'aventure, vous disposez de 4 cases libres. Chaque objet occupe une case. Vous pouvez donc transporter 4 objets.

Les potions de soins occupent une seule case, quel que soit leur nombre.

Certains objets de petite taille (comme un parchemin plié ou une pierre précieuse) ne prennent pas de place dans l'inventaire.

À n'importe quel moment, vous pouvez vous débarrasser d'un objet rangé dans une case de votre inventaire pour faire de la place. Il vous suffit de le gommer de votre feuille de route. Attention, un objet supprimé ne pourra sans doute plus être récupéré à nouveau : s'il s'avère indispensable pour la suite de l'aventure, vous risquez de regretter de vous en être séparé prématurément.

Il existe deux moyens pour augmenter le nombre de cases d'inventaire disponibles sur la feuille de route : acheter un sac magique ou louer un coffre à la taverne.

CETTE FAMEUSE TAVERNE, COMMENT S'Y RENDRE ?

Peu après le début de l'aventure, votre personnage recevra des **potions de Grobid**. *En buvant l'une de ces potions magiques, le héros sera transporté instantanément à la taverne.*

Les potions de Grobid peuvent être utilisées à la fin de n'importe quel paragraphe tant qu'un combat n'est pas engagé. Il n'est donc pas possible de se rendre à la taverne depuis un paragraphe avec un numéro souligné. Certaines situations particulières peuvent également bloquer le pouvoir des potions (ce sera alors précisé dans le texte du paragraphe).

Les potions de Grobid sont supprimées de votre feuille de route après utilisation, et leur nombre est limité. Il faudra donc vous en servir avec parcimonie.

Le marque-page représentant votre personnage va vous être utile lors de vos voyages à destination de la taverne. Quand vous décidez de boire une potion, laissez le marque-page à la page que vous êtes en train de lire, et rendez-vous au premier paragraphe du chapitre ***La taverne de Grobid****, qui porte le numéro* **251**. *Vous pouvez noter le numéro du paragraphe que vous étiez en train de lire sur le marque-page ou sur la feuille de route si vous pensez avoir du mal à le retrouver.*

Une fois à la taverne, suivez les indications et faites des choix de la même manière que durant l'aventure.

Quand il vous sera proposé de quitter la taverne, vous pourrez reprendre le cours de l'histoire en retournant à la page que vous avez marquée.

QUE PEUT-ON FAIRE À LA TAVERNE ?

Outre se détendre entre deux combats difficiles, votre héros pourra boire de l'eau de jouvence pour récupérer tous ses Points de Vie, acheter des objets, louer un coffre de rangement… vous pourrez découvrir tout cela lors de votre première visite.

DERNIÈRES REMARQUES :

Le héros que vous déciderez d'incarner peut bien sûr être une héroïne ! Les aventurières qui partent à la recherche des Dofus sont aussi nombreuses que leurs homologues masculins. Même si ce choix n'est pas pris en compte dans la formulation des textes des paragraphes (pour des raisons de simplicité d'écriture), vous pouvez démarrer votre périple avec le personnage que vous préférez, quel que soit son sexe.

Il ne sera pas si facile de mener votre quête à son terme, car les Points de Vie de votre héros sont limités. Utilisez votre pouvoir au bon moment, achetez des objets utiles à la taverne, buvez de l'eau de jouvence et soignez-vous à l'aide des potions avant que vos Points de Vie ne tombent à 0. La différence entre la victoire et la défaite se joue parfois à peu de chose !

Enfin, sachez que ce livre ne comporte pas de système anti-triche. Si vous décidez d'ignorer les règles afin d'éviter la défaite, les pages ne s'enflammeront pas. Mais à vaincre sans péril, on triomphe sans gloire… Vivre une histoire pleine de rebondissements en sachant que l'on a gagné d'avance est beaucoup moins palpitant. Ne gâchez pas votre plaisir.

VOUS ÊTES PRÊT À COMMENCER L'AVENTURE ? RENDEZ-VOUS À LA PAGE SUIVANTE !

Les mots et les noms des classes de personnages dont vous ne connaissez pas le sens sont pour la plupart expliqués dans le lexique page 393.

IL ÉTAIT UNE FOIS…

Un jeune aventurier qui rêvait de trouver les six Dofus.

Mais qu'ont-ils de si spécial, ces six œufs de dragon ? Eh bien, on dit dans les cercles bien informés que celui qui parviendra à tous les réunir obtiendra un pouvoir au-delà de l'imagination… le genre de pouvoir qui peut sauver le monde, ou bien le détruire.

Une telle puissance ne doit pas tomber entre de mauvaises mains : tant qu'à faire, mieux vaut que ce soient celles d'un individu animé des meilleures intentions.

Les mains d'un jeune aventurier, par exemple. Oui, c'est de vous que l'on parle ici.

Tout petit déjà, vous adoriez les histoires de Dofus et de dragons. C'est un peu comme si elles faisaient partie de votre vie.

Explorer de vastes contrées à la recherche des Dofus, voilà une quête digne d'un héros !

Alors c'est vrai, vous n'êtes pas encore un héros aguerri. Mais vous allez le devenir, cela ne fait aucun doute.

Il s'agit simplement de ne pas brûler les étapes.

Vous êtes sur Incarnam, la terre qui flotte au milieu des nuages, le lieu sacré où s'incarnent les âmes. Vous venez de terminer votre apprentissage au temple des douze dieux. Votre prochain objectif : rejoindre les rangs des Kerubims, les fiers gardiens de la milice céleste. C'est là que vous ferez vos preuves. Vous protégerez et vous servirez les habitants d'Incarnam avec honneur et abnégation. Vous explorerez tous les recoins de l'île pour débusquer les créatures infâmes. Vous sentirez le souffle de l'aventure sur votre visage lorsque vous irez chercher un pichet de lailait pour le petit déjeuner du sergent.

Et quand viendra le moment, quand les trois Nordes qui filent la grande tapisserie du destin l'auront décidé… alors vous partirez à la recherche des Dofus.

Vêtu de vos habits de voyage, équipé de votre arme, vous ouvrez les portes pour quitter le temple d'Incarnam. ***Allez en 1.***

1

Une nouvelle journée commence sur Incarnam. Les pious gazouillent tandis que les bouftous engloutissent leur premier petit déjeuner. Les marchands se préparent à ouvrir leurs étals, les tournesols sauvages déploient leurs pétales. Tous saluent le soleil qui se lève au-dessus des nuages.

Debout devant les portes aux ferrures dorées du temple céleste, vous êtes prêt à partir. Après plusieurs semaines, votre initiation est terminée. Les maîtres ont estimé que vous pouviez quitter le nid. Le moment est venu de voler de vos propres ailes.

Certes, vous êtes encore jeune. Pourtant, vous ne doutez pas qu'un jour vous accomplirez votre destinée : vous trouverez les six Dofus qui feront de vous le plus grand des héros ! Mais chaque chose en son temps. Pour l'heure, vous avez une lettre de recommandation destinée au capitaine de la milice des Kerubims. Vous comptez beaucoup apprendre au contact des fiers gardiens d'Incarnam. Vous avez hâte de les entendre raconter leurs exploits. Plus tard, ce sont les vôtres qui seront chantés dans les tavernes !

Tandis que vous resserrez les sangles de votre sac, vous jetez un dernier regard au sanctuaire des dieux qui a été votre refuge.

Avec un brin de nostalgie, vous vous remémorez les paroles du plus sage des maîtres. **Allez en 116.**

L'aventure n'attend pas : vous vous mettez en route sans tarder pour la tour des Kerubims. **Allez en 215.**

2

« Ton courage s'est envolé ? Serais-je tombé sur un froussard déguisé en brave ? Très bien, j'ouvre les hostilités ! »

Le Dark Vlad fend l'air avec son épée, mais ce n'est pas un déluge de feu qui s'abat sur vous.

Vous ressentez un choc violent, comme un coup de marteau invisible. Vous avez l'impression qu'une montagne s'écrase sur votre poitrine. Respirer vous demande un effort colossal, mais vous ne pouvez pas vous permettre d'arrêter.

Vous perdez 2 Points de Vie. De plus, votre

nombre maximum de Points de Vie est diminué de 1 jusqu'à la fin du combat.

« Montre-moi ce que tu as dans le ventre, Kerubim, si tu ne veux pas que je m'en charge moi-même ! »

Vous passez à l'attaque, mais en économisant vos forces pour ne pas vous épuiser. ***Allez en 91.***

Vous faites mine de reculer, puis vous vous ruez sur le Dark Vlad pour le frapper sans ménagement. ***Allez en 189.***

Vous battez en retraite afin d'essayer de reprendre votre souffle. ***Allez en 212.***

3

Comme vous vous y attendiez, le fantôme bloque votre attaque avec son bouclier. Il riposte et cherche à transpercer votre corps ferme et musclé avec la lame vaporeuse de son épée. Vous évitez le coup facilement : les réflexes du spectre semblent quelque peu rouillés… voilà ce que c'est que de rester allongé à ne rien faire pendant trop longtemps.

Vous sautez dans la tombe pour vous emparer du bouclier de métal. **Allez en 236.**

Vous harcelez le revenant pour tenter de briser sa défense. **Allez en 179.**

Vous tournez autour du tombeau pour fatiguer votre adversaire. **Allez en 158.**

4

Le galet rebondit sur la tête de la créature élémentaire, puis comme mû par sa propre volonté minérale, décide de jouer les boomerangs en vous frappant au milieu du front. **Vous perdez 1 Point de Vie.**

Vous avez essayé de combattre le caillou par le caillou, mais le résultat n'a pas été à la hauteur de vos espérances… Vous avez tout de même réussi à faire comprendre au monstre de pierre que vous n'aviez pas apprécié d'être dérangé durant votre pause. Comme il ne semble pas non plus avoir aimé votre tentative de lapidation, votre antagonisme mutuel peut désormais s'exprimer pleinement.

Vous changez d'avis, vous rengainez votre arme, et vous levez les mains en signe de paix. ***Allez en 165.***

Vous chargez votre adversaire en faisant des moulinets avec votre arme. ***Allez en 198.***

5

Le couloir est assez large. Ses parois sont lisses et recouvertes d'un lichen poisseux.

L'odeur devient plus forte au fur et à mesure que vous avancez, presque écœurante.

Vous marchez sur quelque chose de sec qui craque sous vos pieds. Un morceau de bois, ici ? Ah non, il s'agit d'un os. Il y en a même tout un tas, éparpillés sur le sol. Vous distinguez quelques morceaux de tissu et un vieux sac tout moisi.

Vous avez le sentiment d'être épié. Votre instinct vous dit que vous ne devriez pas être là.

Vous décidez de faire demi-tour. Détaler comme un wabbit serait même une bonne idée.

Allez en 74.

6

« Nous y voilà ! Par l'humérus de ma grand-mère, j'ai cru qu'on tournerait en rond pour l'éternité ! »

Oskar monte les marches en courant – ou plutôt, en flottant – comme si sa vie en dépendait, ce qui semble paradoxal vu sa triste condition.

Vous arrivez en haut de l'escalier. Contrairement au fantôme qui vous accompagne, vous prenez le temps d'admirer les lieux.

Vous êtes dans une grande caverne hérissée de piliers, de stalactites et de stalagmites. Une statue colossale représentant un dragon semble supporter tout le poids de la grotte. Des ouvertures dans la voûte permettent d'apercevoir les étoiles qui brillent au-dehors.

Devant vous s'étendent les eaux sombres d'un lac souterrain. Des flammes multicolores dansent à sa surface. Ce ne serait peut-être pas une bonne idée de s'y baigner, à moins d'être vêtu d'une combinaison de bain ignifugée.

Une arche naturelle rejoint le haut d'un pilier qui se dresse au centre du lac. Au sommet de la colonne rocheuse, la lumière de la lune éclaire un autel blanc décoré de symboles. Quatre grands cristaux, chacun d'une couleur différente, scintillent tout autour de l'autel.

Oskar se dirige vers un portail de pierre construit non loin de la rive. Il vous fait signe de le rejoindre.

Si vous voulez examiner les cristaux de plus près, ***allez en 50.***

Vous préférez ne pas faire attendre Oskar ? ***Allez en 190.***

Vous avez envie de vous asseoir sur un rocher pour contempler le spectacle des flammes sur le lac ? ***Allez en 202.***

Vous décidez de faire demi-tour et vous descendez l'escalier pour sortir du temple. ***Allez en 178.***

7

Dès que vous sortez de la grotte, le vent hurle à vos oreilles. Vous avez l'impression d'être au milieu des nuages. Sous vos pieds, un escalier taillé dans la roche descend vers une plate-forme aux bords déchiquetés… la pointe de la Queue du Dragon.

Vous descendez les marches, Oskar sur vos talons.

Bientôt, vous distinguez une lumière au centre de la plate-forme. Alors que vous approchez, vos yeux ne parviennent pas à se détacher de l'origine de cette lumière. C'est un objet ovoïde posé sur un piédestal… Un œuf vert qui contient une magie puissante et ancienne… Le Dofus Émeraude !

Et devant lui, un guerrier aux cheveux de feu, agenouillé, presque en transe… qui se relève, puis se retourne pour vous fixer de ses yeux ardents.

Le Dark Vlad, seigneur de la forêt Maléfique, est prêt à vous recevoir.

Allez en 142.

8

« Eh bien, s'il existe une liste des personnages peu fréquentables, le Dark Vlad y figure en bonne place.

Il existerait depuis des siècles. Certains ont prétendu

qu'il était un vampire, ce qui expliquerait son immortalité, mais ce ne sont que des suppositions. Pour ma part, je n'y crois pas. Les vampires n'aiment pas le feu, alors que le Dark Vlad est un grand amateur de barbecues.

Pendant des décennies, il a vécu au cœur d'un labyrinthe formé par les arbres de la forêt Maléfique, entouré d'araknes, de créatures de la nuit et de Bworks. Avec des fréquentations pareilles, pas étonnant qu'il soit aussi méchant. Bien des aventuriers l'ont affronté, mais seuls les plus forts sont revenus, avec en cadeau des marques de brûlures qui les font ressembler à des bifstèques de dragoviande cuits à point.

Le Dark Vlad est un adepte du dieu Iop. On dit qu'il a combattu Goultard, le plus grand guerrier de l'univers, et qu'il aurait eu le dessus. Moi, je pense que c'est du flan. Mériana m'a assuré que j'avais toutes mes chances contre lui… malheureusement, je n'ai pas eu le temps de vérifier ses dires. »

Si vous n'avez pas encore interrogé le Sram à propos de Mériana, ***allez en 148****.*

Si Oskar vous a déjà dit tout ce qu'il savait sur la magicienne, ***allez en 27****.*

9

Vous arrivez à un croisement à quatre directions. Les choses se compliquent !

Vous prenez le chemin nord-est. ***Allez en 195.***

Vous préférez emprunter le tunnel sud-est. ***Allez en 141.***

Vous choisissez le couloir sud-ouest. ***Allez en 56.***

Vous décidez de partir vers le nord-ouest. ***Allez en 40.***

10

Vous vous retrouvez dans une petite crypte plongée dans l'obscurité. À peine êtes-vous entré que des torches s'allument brusquement. Elles brûlent d'une flamme bleutée, presque blanche.

L'air est sec. Des arches soutenues par des piliers de pierre forment le haut des murs. Au centre de la salle trône une sépulture surmontée d'une stèle funéraire. Sur une plaque gravée, vous pouvez lire un nom : Kardorim.

Des nuages de brouillard sortent de votre bouche et de vos narines. Il fait froid. Très froid.

Vous vous avancez vers la tombe couverte d'une lourde dalle grise. Vous prenez une profonde inspiration, puis vous poussez la dalle, lentement, avec précaution, presque avec déférence.

Tandis que vous ouvrez le tombeau, vous remarquez un symbole gravé sur l'un de ses côtés. Un signe étrange entouré d'un cercle de pointillés.

Si vous êtes un Féca, ***allez en 75****.*

Dans le cas contraire, ***allez en 37****.*

11

Vous marchez dans les champs. Au milieu des épis de blé, vous remarquez un rocher de forme étrange. En vous approchant, vous constatez qu'il s'agit en fait d'une énorme chope de pierre à moitié enfouie dans le sol. Sur une stèle gravée, une inscription indique que vous vous tenez devant la Chope de la divine Pandawa.

Un paysan en train de moissonner vous indique que les fidèles peuvent admirer les autres vestiges des dieux aux confins d'Incarnam, mais il ignore où se trouvent ceux de Iop.

Vous continuez vers l'est. À la limite de l'île céleste, une pioche gigantesque est plantée dans la roche. Vous reconnaissez la marque du dieu Enutrof.

Vous longez le bord de la mer de nuages. Plus loin au sud, trois sculptures macabres contemplent les voyageurs qui ont l'audace de passer à proximité. Quelques croix funéraires laissent penser que la mort a frappé cet endroit. Les crânes de pierre vous regardent de leurs orbites vides.

Soudain, vous ressentez une douleur à la poitrine. C'est comme si une main aux doigts osseux vous enserrait le cœur. **Vous perdez 2 Points de Vie.**

Quelque chose vous attaque, mais vous ne voyez rien autour de vous. Vous croyez entendre des chuchotements et des rires à glacer le sang.

Vous avez de plus en plus de mal à respirer. Vous tombez à genoux.

Alors que vous êtes au bord de l'inconscience, ou pire, vous sentez un souffle frais sur votre visage.

L'étreinte se relâche. Des cris de frustration résonnent à vos oreilles ; ils sont très vite emportés par le vent.

Vous vous relevez, puis vous quittez rapidement les lieux. Vous l'avez échappé belle.

Vous décidez de partir vers l'ouest, à l'opposé de cet endroit maudit. ***Allez en 62.***

12

Vouloir tenir tête à un colosse enragé est très courageux. Malheureusement, il arrive parfois que le courage ne soit pas récompensé à sa juste valeur. C'est vraiment trop injuste, mais c'est ainsi.

Ce n'est pas tous les jours que le Milimilou a un authentique héros à se mettre sous la dent. Les aventuriers qui viennent le déranger habituellement ont beaucoup moins de goût… Vous avez perdu. La vie, accessoirement, mais surtout l'espoir de retrouver le Dofus Émeraude. Quel dommage.

Votre aventure s'achève ici. Si vous souhaitez rejouer, allez en 1.

13

Les trois figurines brillent d'une vive lumière. Vous vous sentez comme aspiré par l'Orbalantyr.

Vous avez l'impression d'être dans une caverne. Des fumées verdâtres flottent autour de vous. Vous distinguez des piliers hérissés de pointes sur lesquels sont accrochés des crânes d'animaux. D'autres ossements gisent sur le sol, et ceux-là pourraient bien être humains. Des chaînes pendent de la voûte rocheuse. L'endroit ne semble pas très hospitalier.

Une créature s'avance vers vous. Elle a les yeux jaunes, la peau verte, les crocs proéminents. Une barbiche de poils hirsutes orne son menton. Vous êtes face à un Bwork qui n'a pas l'air très content de vous voir.

Le Bwork lève son bâton noueux et murmure une incantation. Vous êtes violemment propulsé en avant, comme si vous aviez reçu un grand coup de pied dans le bas du dos. **Vous perdez 1 Point de Vie.**

Vous êtes de retour dans la pièce de l'Orbalantyr.

Vous massez votre postérieur endolori. On dit que les Bworks ne sont pas un peuple très accueillant…

Vous venez d'en avoir la preuve incontestable.

Vous manipulez les figurines pour leur redonner leur position initiale. Si vous voulez parler à Mériana, vous devez réessayer d'utiliser l'Orbalantyr.

Quand vous serez prêt, ***allez en 105****.*

14

La première fois que l'on vous a parlé du donjon d'Incarnam, vous avez imaginé un dédale obscur plein de couloirs, de portes, de monstres et de trésors, un lieu maudit que l'on explore en solitaire, une arme et une torche à la main.

La réalité est bien différente.

Vous arrivez sur un îlot perdu dans le ciel. De grandes racines pendent de la voûte rocheuse au-dessus de vous. Des colonnes de pierre ornées de symboles gravés flottent parmi les nuages comme des bouteilles jetées à la mer.

Vous n'êtes pas seul. Plusieurs groupes d'aventuriers se battent contre des hordes de créatures qui déferlent sur eux. Toute la faune d'Incarnam semble s'être donné rendez-vous ici. Les moskitos piquent, les tofus picorent, les araknes mordent. Ça crie, ça braille, ça hurle un peu partout. L'endroit est une sorte de joyeuse foire d'empoigne.

Vous vous joignez à la mêlée générale. Après avoir écrasé un moskito qui tentait de faire un prélèvement sanguin sans autorisation, vous suivez une petite troupe d'écumeurs de donjons. Vous franchissez un pont suspendu pour vous retrouver sur un deuxième îlot en forme d'anneau. Là, vous affrontez des plantes sauvages accompagnées de crabes et de bouftous. Vous vous rendez compte que ces créatures pourtant très différentes partagent toutes une même caractéristique : elles sont enragées et combattent jusqu'au bout, ne lâchant pas le morceau, croquant sans discrimination dans tous les mollets qui passent à leur portée.

Le nombre de vos compagnons encore vaillants diminue. Votre bande improvisée arrive au pied d'un escalier gardé par un chafer et une meute de bêtes furieuses. Tandis qu'un Sadida et une Xélor commencent à discuter d'un plan d'attaque, un Iop applique sa tactique favorite : il fonce dans le tas.

C'est l'hécatombe, la débandade. Vos alliés mordent la poussière ou s'enfuient en hurlant. Vous

14 *Le Milimilou.*

jetez toutes vos forces dans la bataille. Pas question d'abandonner ! Sans trop comprendre comment, vous parvenez à vous en sortir en un seul morceau, mais vous êtes loin d'être indemne. **Vous perdez 2 Points de Vie.**

Le chafer n'est plus qu'un tas d'os à vos pieds. Vous êtes le dernier debout.

Vous n'avez pas fait tout ce chemin pour renoncer maintenant. Vous montez les escaliers.

Vous découvrez un plateau rocailleux noyé dans la brume. Une odeur de fauve vous prend à la gorge. Devant vous, vous distinguez une grande cage en partie brisée.

Des grognements se font entendre. Puis un hurlement déchire l'air, dissipant les volutes nuageuses. Une silhouette massive couverte d'une fourrure blanche apparaît. Sa gueule armée de crocs dégouline de bave.

Vous êtes face au terrible Milimilou. Et le pire, c'est qu'il n'est pas seul…

Fourbissez votre arme, priez votre dieu, et ***allez en 175****.*

15

Vous orientez vers le globe la figurine représentant un magicien qui se couvre les yeux. Le personnage se met à briller d'une lueur irisée.

Vous fixez l'Orbalantyr. Les vagues lumineuses qui parcourent sa surface forment des motifs étranges, des images fugitives qui n'ont pas encore de signification.

Il vous faut décider dans quel ordre vous tournerez les deux autres figurines.

Vous tournez le magicien qui se couvre les oreilles, puis vous terminez par celui qui se couvre la bouche. ***Allez en 130.***

Vous tournez le magicien qui se couvre la bouche, puis vous terminez par celui qui se couvre les oreilles. ***Allez en 32.***

16

Vous vous mettez à crier comme si on vous écorchait vif. Surprise, la Mort fait un bond en arrière. Elle se déplace étrangement, comme si elle flottait, légère comme une plume de tofu.

« Du calme, tu n'as plus rien à craindre, elle est partie ! »

La Mort s'est adressée à vous avec une voix chevrotante, un brin nasillarde, ce qui est étonnant vu qu'elle n'a pas de nez.

Un doute vous assaille. Vous examinez la Mort de plus près.

Cette apparence de vieux squelette décati… cette luminescence verdâtre… ces côtes apparentes, mais presque transparentes… cette lourde chaîne autour du cou… cette cape déchirée qui ressemble à un linceul… Ce n'est pas la Mort qui se tient devant vous, c'est un Sram ! Le fantôme d'un Sram, pour être plus précis.

Vous éclatez de rire. C'est sans doute à cause de la fatigue, ou bien ce sont les nerfs qui lâchent. Dans les deux cas, c'est un rire de soulagement.

Le Sram se met aussi à ricaner, sans bien comprendre pourquoi. Ça tombe bien que vous soyez de bonne humeur, car il a quelque chose à vous demander.

Allez en 168.

17

Vous pouvez utiliser votre pouvoir magique à la fin de chaque paragraphe, et ce pendant toute la durée du combat.

Si vous possédez une épée Tulante et que vous choisissez de vous en servir pour disputer ce combat, feuilletez rapidement les pages de ce livre, puis arrêtez-vous au hasard. Regardez le dernier chiffre du numéro de la page de droite. Si ce chiffre est 5, 7 ou 9, vous récupérez 1 Point de Vie.

Pour l'instant, l'arakne se contente de vous observer, mais ça ne va sans doute pas durer. Vous avez l'initiative. Quelle stratégie allez-vous adopter ?

Vous saisissez une touffe de lichen phosphorescent et vous la brandissez devant l'arakne, ce monstre des cavernes doit craindre la lumière ! ***Allez en 228.***

Vous poussez un rugissement pour faire reculer l'arakne, ce monstre des cavernes doit être effrayé par le bruit ! ***Allez en 98.***

18

Retirez 1 kama de votre bourse.

Vous murmurez quelques mots, puis vous jetez la pièce dans le puits. Après avoir hésité entre plusieurs souhaits, vous avez finalement formulé le vœu de trouver un Dofus. Vous espérez bien en découvrir davantage, mais vous ne voulez pas abuser de la générosité des dieux.

Songeur, vous observez les reflets de l'eau qui dansent au fond du puits. C'est sans doute un effet de votre imagination, mais vous avez l'impression qu'ils forment la silhouette tremblotante d'un dragon.

C'est peut-être un bon présage. Vous souriez. Voilà un kama bien dépensé !

Vous vous remettez en route pour continuer votre

patrouille. Vous prenez la direction de l'est. ***Allez en 79.***

19

Vous interrogez Oskar à propos de la poupée. Le Sram cesse de se lamenter sur son sort et s'aperçoit de la présence du pantin de tissu.

« Nom d'une bourse aplatie ! C'est l'une de ces horribles choses qui m'a rôti comme un poolay ! Ne t'approche pas, sinon elle va se réveiller et se ruer sur toi pour te cuire à feu vif ! »

Oskar recule vers le fond de la caverne. La poupée ne semble pas faire attention à lui.

« On dirait qu'elle ne se préoccupe pas des spectres dans mon genre… mais elle va sans doute réagir dès que tu chercheras à sortir. On doit se débarrasser d'elle ! »

Votre regard fait le tour de la grotte, puis s'arrête sur le portail magique. Une idée géniale germe dans votre esprit.

Vous vous avancez vers la poupée lentement, un pas après l'autre.

Oskar retiendrait son souffle s'il le pouvait. Mais comme il n'a plus d'air en réserve, il se contente de croiser ses phalanges.

Vous arrivez à quelques kamètres des ossements du Sram, près de la bouche de la caverne. Soudain, le pantin s'anime et se relève brusquement. Vous êtes repéré !

Vous détalez vers l'arche de pierre comme si vous aviez le feu au derrière, ce qui n'est pas tout à fait faux.

La poupée se met à courir dans votre direction, mais vous avez un peu d'avance. Vous faites un crochet pour vous placer de l'autre côté du voile de lumière écarlate.

Comme vous l'espériez, la poupée prend le plus court chemin pour vous atteindre… et fonce à travers le portail. Pouf ! Elle disparaît. Quelques secondes plus tard, une chaleur intense émane de l'arche de pierre. Elle vous enveloppe et vous roussit les sourcils. Vous avez pris un méchant coup de soleil. **Vous perdez 1 Point de Vie.**

Toujours debout ? Vous avez eu chaud. Sans votre subterfuge, vous auriez subi le sort d'Oskar…

Allez en 118.

20

Vous commencez à souffler dans le sifflet en roseau, puis vous vous arrêtez net. Quelque chose ne va pas.

En tant que disciple du dieu Osamodas, le Maître des Bêtes, vous connaissez le langage des animaux. Vous avez donc des notions de vocabulaire piou. Et vous prenez conscience que vous venez de proférer une insulte mortelle contre tous les volatiles aux alentours.

Vous vous esquivez discrètement avant que les pioussins ne réagissent.

Quand vous pensez être suffisamment éloigné pour éviter les ennuis, vous vous adossez à un ballot de foin pour vérifier l'appeau de Pipelette. Peut-être est-il nécessaire de le nettoyer.

Alors que vous examinez le sifflet, vous croyez entendre un caquètement à proximité.

Allez en 39.

21

L'esprit échaudé par le sarcasme du Kerubim, vous avez oublié un principe fondamental de l'art du combat : ne jamais tourner le dos à un adversaire. Sans prendre garde au mannequin, vous reculez d'un pas pour mieux défier le Kerubim du regard. L'épouvantail en profite alors pour vous enfoncer son bras de bois dans les côtes. **Vous perdez 1 Point de Vie.**

Les hommes d'armes rient de votre mésaventure. Furieux, vous taillez le pantin en pièces, mettant un terme au combat.

Si vous avez déjà rencontré le capitaine, ***allez en 129.***

Si vous n'avez pas encore parlé au capitaine, il est sans doute temps de le faire. Vous descendez l'escalier pour aborder l'homme présent dans la salle du bas. ***Allez en 143.***

22

L'horrible créature semble hésiter. Comment se fait-il que vous ne tentiez pas de vous libérer ? C'est ce que ferait n'importe quel papillon pris dans une toile ! Quelle sorte de proie êtes-vous donc ?

Ce genre de question existentielle ne saurait arrêter votre adversaire bien longtemps. L'estomac a ses raisons que la raison ignore. Et puis, une arakne, ça ne perd pas de temps à réfléchir.

Le monstre bondit sur vous, profitant de votre immobilité. Mais vous l'attendiez de pied ferme. Vous fléchissez les genoux pour recevoir tout le poids de l'arakne, puis vous vous détendez comme un ressort, envoyant bouler la créature contre la paroi. Furieuse, elle revient à la charge en titubant.

Vous saisissez l'une de ses pattes velues, et vous vous en servez comme d'un gourdin pour frapper le monstre en pleine face. L'arakne croque dans ce morceau de choix, avant de s'apercevoir qu'elle est en train de se dévorer elle-même.

C'en est trop pour votre adversaire. Tant d'efforts pour un petit en-cas ! Mais la bête a encore un atout dans sa manche, ou plutôt dans l'une de ses dents creuses. Juste avant de battre en retraite et de disparaître derrière un rocher, l'arakne parvient à vous mordre la cuisse. Un liquide verdâtre coule le long de votre jambe. **Vous perdez 1 Point de Vie.**

Heureusement, il en faut plus pour vous abattre, n'est-ce pas ? Vous avez gagné cette bataille… mais avez-vous gagné la guerre ?

Allez en 107.

23

« Tu as fait ton choix. Comme je sais que tu n'es pas encore un guerrier éprouvé, je vais te donner des adversaires à ta mesure. Lired, Arlo, venez ici ! »

Vous entendez des piaillements provenant d'une autre pièce. Mériana tape dans ses mains avec impatience. Aussitôt, deux gobelins apparaissent devant elle, les doigts et la bouche dégoulinants de mélasse.

« Encore en train de chaparder ! Je vous ai pourtant dit d'arrêter de vous gaver de sucreries ! Si ça continue, vous allez doubler de volume et perdre vos dents. Un peu d'exercice ne va pas vous faire de mal. »

Lired et Arlo s'aperçoivent de votre présence. Ils vous observent, curieux, puis se mettent à ricaner à la manière des gobelins, c'est-à-dire bêtement. Mériana les calme d'une paire de claques.

« Ça suffit ! J'ai une mission pour vous deux : si vous battez l'apprenti héros qui nous fait la grâce de sa présence via l'Orbalantyr, vous serez dispensés de corvées pour une journée entière. »

Les deux gobelins se regardent, hésitants. La magicienne lève les yeux au ciel en poussant un soupir. Elle fait apparaître des armes enchantées dans les mains de ses serviteurs.

« Vous taper sur héros illico ! Moâ rester pour voâr. »

Cette fois-ci, Lired et Arlo semblent avoir compris. Ils agitent leurs nouveaux jouets dans votre direction.

Préparez-vous au combat et ***allez en 102****.*

24

Vous voilà enfin à l'abri.

Vous descendez le long d'une pente rocheuse. Vous vous retrouvez dans une petite grotte aux parois anguleuses. Le sol est accidenté, de nombreux blocs de pierre donnent un aspect chaotique à l'endroit.

Des touffes de lichen légèrement phosphorescent vous permettent de distinguer deux ouvertures dans le fond de la grotte. Elles mènent à des galeries naturelles qui descendent dans les profondeurs.

Une odeur douceâtre, presque entêtante, monte à vos narines. Elle n'a rien de minéral. Elle semble provenir du couloir de droite.

Vous croyez apercevoir une lumière tremblotante dans le couloir de gauche.

Vous avancez prudemment dans le couloir de droite. ***Allez en 5.***

Vous choisissez d'explorer le couloir de gauche. ***Allez en 152.***

25

« Hein ? Tu es tombé sur la tête ? Pas question que je fasse un pas là-dedans, je ne tiens pas à ressortir les pieds devant. »

Vous insistez. Un grand gaillard comme lui ne devrait pas être effrayé par quelques tas d'os décrépits ! Et puis, il sait se battre, vous l'avez vu à l'œuvre avec sa hallebarde.

« Je n'ai pas peur, je suis juste prudent. Ma mission est de garder le pont à l'entrée, c'est tout. Si tu veux absolument que je t'accompagne, tu dois y mettre le prix. Ma solde est trop maigre à mon goût. »

Ainsi, voilà la vérité. Vous êtes tombé sur un milicien vénal. Nybi accepte de vous aider si vous lui donnez 3 kamas.

Si vous avez suffisamment d'argent dans votre bourse, vous pouvez accepter et ***aller en 108****.*

Si vous payez Nybi et que vous êtes un Sram, ***allez plutôt en 181****.*

Si vous n'avez pas assez d'argent, ou si vous refusez de débourser le moindre kama, vous entrez seul dans le cimetière. ***Allez en 151.***

26

Maître Yakasi aurait pu vous le dire, et sans doute l'a-t-il fait, d'ailleurs : la violence n'est jamais la solution.

Bon, cela aurait peut-être pu marcher. Mais malheureusement pour vous, Laura n'est pas la première Iop venue.

À peine avez-vous entamé les hostilités que vous regrettez amèrement votre initiative.

Vous n'avez pas le temps d'utiliser votre pouvoir, ni de vous servir de votre arme.

La gardienne de l'Épée divine réagit à la vitesse de l'éclair. Dire qu'elle vous flanque une rouste serait en dessous de la vérité. En quelques secondes, vous vous retrouvez au sol, les mains derrière le dos, la botte cloutée de Laura sur votre visage tuméfié. **Vous perdez 2 Points de Vie.**

Heureusement pour vous, la Iop se méprend sur vos intentions.

« Tu essaies de prouver ta bravoure en m'attaquant alors que tu sais que tu ne peux pas gagner ? C'est bien tenté. Mais je dirais que c'est plutôt de la stupidité, et non du courage. Tu veux ma couronne ? Tu n'as qu'à sauter. »

Il semble que vous n'ayez finalement pas le choix, vous allez devoir jouer les voltigeurs. ***Allez en 53.***

27

« C'est pas tout ça, mais le temps presse. Le soleil est en train de se lever… dès qu'il fera jour, je disparaîtrai. Je ne pourrai plus me manifester avant la nuit prochaine, sauf en jouant les esprits frappeurs. Faire tourner des tables, écrire à l'envers sur les murs, c'est marrant au début, mais on s'en lasse très vite.

On ne s'en sortira pas sans l'aide de Mériana. Je suis sûr qu'elle peut te rendre assez fort pour affronter le Dark Vlad ! Il faudrait que tu lui parles, mais si tu t'envoles pour le Monde des Douze, il me sera impossible de te suivre là-bas. Mon âme est enchaînée à mon corps, enfin, ce qu'il en reste. Je ne peux pas quitter Incarnam, et sans moi, tu vas avoir du mal à trouver Mériana. Si tu as une idée, je suis preneur ! »

Oskar semble tenir pour acquis que vous allez tout laisser tomber pour aller combattre le Dark Vlad. Il est vrai que vous êtes tenté par l'aventure… partir en quête d'un Dofus, c'est ce dont vous avez toujours rêvé. Mais vous n'êtes pas sûr d'être prêt. Pour l'heure, vous êtes un Kerubim, et vous avez une mission à terminer. Le capitaine attend le rapport de votre patrouille autour d'Incarnam.

Vous levez la tête. Pas de dragon à l'horizon. Toutes ces visions, avaient-elles un sens ? L'aube colore les nuages d'une teinte rubis qui rappelle celle d'une gelée à la fraise. Vous commencez à avoir faim.

Lorsque vous baissez les yeux, vous vous rendez compte qu'Oskar a disparu.

Songeur et indécis, vous vous dirigez vers la tour des Kerubims. Vous devez parler au capitaine.

Allez en 176.

28

Le gardien de l'orme a reconnu en vous un disciple de Sadida, le Dieu Feuillu. Il est honoré de votre visite. Pendant quelques instants, vous évoquez ensemble le sort des frênes de la forêt, qui paient un lourd tribut aux bûcherons. Vous parlez de l'orientation de la mousse sur les troncs et de la prolifération des plantes des champs.

Le vieillard tient à vous offrir un présent avant que vous ne partiez : il vous donne une potion de guérison préparée avec des extraits végétaux.

Vous pouvez utiliser la potion immédiatement : dans ce cas, **vous récupérez 1 Point de Vie.** Vous pouvez également mettre la potion de mini-soins dans votre sac. **L'objet occupe une case de votre inventaire, vous devez donc disposer d'un emplacement libre, à moins que vous ne possédiez d'autres potions identiques, auquel cas elles se rangent toutes dans la même case.**

Vous remerciez le gardien de l'orme, puis vous quittez l'îlot et vous poursuivez votre route. ***Allez en 115.***

29

Le Dark Vlad fend l'air une nouvelle fois avec son épée. La pression sur votre poitrine augmente encore… Vous ne pouvez plus respirer. **Vous perdez 1 Point de Vie.**

Si vous n'avez pas succombé, vous entendez le Dark Vlad éclater d'un rire sinistre.

« Tu t'accroches à la vie comme une moumoule sur son rocher ! Une telle ténacité mérite récompense. Je te laisse un bref moment de répit. Mais je t'attends pour le deuxième round… qui sera sans doute le dernier ! »

Le poids sur votre poitrine disparaît. **Votre nombre maximum de Points de Vie revient à sa valeur normale, mais vous ne récupérez pas les Points de Vie perdus durant la bataille.**

Si vous avez besoin de panser vos blessures, vous êtes libre d'utiliser une potion de soins. Vous pouvez aussi boire une potion de Grobid s'il vous en reste une. Quand vous serez prêt à reprendre le combat, ***allez en 122.***

30

Vous faites une roulade et vous vous retrouvez par terre, à côté du cadenas. Le Milimilou a réussi à vous infliger une blessure sérieuse. **Vous perdez 2 Points de Vie.**

Il en faut plus pour venir à bout d'un héros tel que vous ? Bonté divine, c'est à croire que vous êtes un protégé des Douze…

Juste devant votre nez, sous une planche de bois, vous voyez un bloc de jade fixé à un manche brisé. Cela ressemble à la tête d'un marteau de guerre.

Sans bien comprendre pourquoi, vous saisissez ce qui reste de l'arme, puis vous vous relevez.

Le Milimilou est juste devant vous. Les yeux rivés sur le marteau, le monstre grogne, trépigne. Il pousse un nouveau hurlement.

Les deux autres créatures reculent, puis s'enfuient.

Le colosse velu tend sa patte griffue vers l'arme de jade. Vous croyez voir une lueur de tristesse dans son regard… comme s'il se remémorait un souvenir perdu.

Vous donnez les restes du marteau au Milimilou. La bête hurle une dernière fois, puis dévale l'escalier de pierre avant de disparaître.

Vous vous retrouvez seul sur l'îlot. Enfin un peu de calme !

Allez en 201.

31

La sorcière encapuchonnée est toujours là, de l'autre côté de la plate-forme. Elle n'a pas bougé d'un pouce. Elle ne semble avoir aucune intention hostile à votre égard.

Oskar est sorti de sa torpeur. Il pointe du doigt la silhouette imposante qui se tient près du Dofus Émeraude.

« Je n'en crois pas mes orbites… Goultard ! C'est Goultard le barbare ! »

Vous écarquillez les yeux. En effet, à y regarder de plus près, ce n'est pas le Dark Vlad qui pose sur vous ce regard plein de fierté. C'est un Iop au torse musclé, vêtu simplement d'un pantalon de toile et d'une ceinture écarlate. Ses longs cheveux ont la couleur du feu, mais ils ne brûlent pas comme des flammes infernales. Une impression de force émane de Goultard. Il s'adresse à vous d'une voix grave et posée.

« Qui que tu sois… je te remercie. Je suis libre à nouveau. »

Allez en 196.

32

Les trois figurines brillent d'une vive lumière. Vous vous sentez comme aspiré par l'Orbalantyr.

Vous êtes dans un jardin enveloppé de brouillard. Autour de vous, la végétation est foisonnante. Il y a des plantes gigantesques, des fleurs de toutes les couleurs, des arbustes aux formes étranges.

La brume étrangement lumineuse restreint votre champ de vision, mais vous avez l'impression d'être dans un bâtiment de bois. Vous entendez des sons étouffés, qui vous évoquent les bruits d'une cité en pleine activité. Vous croyez distinguer un alambic de verre et de cuivre. Un vieillard à la longue barbe blanche est en train de nettoyer l'appareil.

Le brouillard se fait plus épais. Vous n'y voyez plus rien du tout.

Vous clignez des paupières. Vous voilà de retour dans la pièce de l'Orbalantyr.

Vous ne savez pas qui était le vieil homme, mais il ne s'agissait pas de la magicienne décrite par le Sram.

Vous manipulez les figurines pour leur redonner leur position initiale. Si vous voulez parler à Mériana, vous devez réessayer d'utiliser l'Orbalantyr.

Quand vous serez prêt, ***allez en 105****.*

33

D'ordinaire, cette approche purement iopesque du problème vous aurait sans doute coûté la vie. Foncer tête baissée contre un mur de pierre est rarement le meilleur moyen de l'abattre. Peut-être êtes-vous armé d'un marteau de Boisaille ? C'est astucieux, mais il reste que l'élémentaire est plus grand, plus fort et plus résistant que vous. Enfin, en temps normal… car vous portez sur vous un pendentif avec les trois Écailles de Prysmaradoth. Vous êtes un héros plus courageux, plus endurant et plus féroce que le commun des mortels.

La force de votre attaque fait trembler votre adversaire comme si vous l'aviez frappé à coups de bélier. Il vacille.

Vous mettez tout votre cœur à l'ouvrage, et vous poursuivez vos assauts. ***Allez en 110.***

Vous reculez, redoutant une contre-attaque dévastatrice. ***Allez en 219.***

34

Convaincu que le Milimilou prépare un mauvais coup, vous sautez par-dessus la larve orange – c'est le plus rase-mottes de vos trois assaillants – pour foncer sur le colosse poilu.

Si les créatures sont quelque peu surprises, ce n'est pas le cas du chef de la meute. Il vous accueille même à bras ouverts, esquivant votre attaque avec une vitesse saisissante tout en vous lacérant le ventre avec ses griffes. **Vous perdez 2 Points de Vie.**

Vous poussez un grognement de douleur, tandis que le Milimilou pousse un grognement de satisfaction. Vous voyez du coin de l'œil le chafer, le sanglier et la larve qui se ruent dans votre direction. On ne touche pas au patron du donjon !

Vous battez en retraite pour vous adosser à la cage brisée. ***Allez en 77.***

Vous tentez à nouveau de frapper le Milimilou. ***Allez en 209.***

Vous chargez le groupe de monstres en hurlant. ***Allez en 150.***

35

Vous sortez la statuette de dragon de votre sac, puis vous la placez dans la niche creusée dans le bloc de pierre sombre. Vous entendez un déclic. **Supprimez la statuette de votre inventaire.**

Une lueur rouge apparaît au centre de l'arche. Elle grandit et se transforme en une spirale écarlate.

« Ça a marché ! Sus au Dark Vlad ! »

Oskar disparaît dans la lumière. Il ne vous reste plus qu'à le suivre.

Vous avancez avec un peu d'appréhension, puis vous franchissez la porte magique.

La sensation est loin d'être agréable. Vous avez l'impression de traverser un voile rêche, rugueux, qui vous arrache quelques poils au passage. Vous sentez une odeur acide, piquante. Vous vous sentez faible, comme si vous aviez couru le Brâk'Marathon. **Vous perdez 1 Point de Vie.**

Allez en 162.

36

De prime abord, le colosse ne semble pas agressif, mais si vous lui cherchez des noises, il est probable qu'il répliquera de manière brutale.

Oskar semble tout aussi étonné que vous par l'apparition de l'étrange créature.

« Un quadramentaire ! Je croyais qu'ils avaient tous disparu… quand j'étais jeune, on les chassait pour leurs pierres-miroirs. Tu ferais mieux de le laisser tranquille. Viens plutôt m'aider par ici ! »

Si vous possédez un miroir en pierre polie dans votre inventaire, ***allez en 99. Si le miroir se trouve dans le coffre que vous avez loué à la taverne, et s'il vous reste une potion de Grobid, vous pouvez aller le chercher puis revenir à ce paragraphe.***

Si vous n'avez pas de miroir en pierre polie, vous suivez les conseils du Sram et vous vous éloignez du quadramentaire. Celui-ci se dirige vers le lac et disparaît sous les eaux.

Vous pouvez vous diriger vers le portail. Si le Sram vous a déjà parlé de la statuette, ***allez en 83****.*

Dans le cas contraire, ***allez en 190****.*

Si vous préférez aller examiner les grands cristaux près de l'autel, ***allez en 50****.*

37

Le symbole se met à briller d'une lumière rougeâtre. Soudain, le sol devient brûlant autour du tombeau. De petites flammes dansent sur la pierre. Sentant vos pieds roussir sous la chaleur, vous faites un bond en arrière. **Vous perdez 1 Point de Vie.**

Le feu sorti de nulle part disparaît quelques secondes plus tard. Vous avancez prudemment vers la sépulture, prêt à reculer. Vous poussez la dalle sans déclencher d'autre piège. Ce n'était sans doute qu'un avertissement destiné à décourager les pilleurs. Il en faudrait davantage pour vous faire renoncer.

Un squelette portant un haubert en lambeaux repose dans la tombe. Contrairement aux chafers à l'extérieur, il ne semble pas vouloir se relever en ricanant. Un grand bouclier de métal recouvre ses jambes. Une écaille jaune est incrustée en son centre.

Vous n'avez pas le temps d'en voir davantage. Vous êtes brutalement poussé en arrière. Une forme translucide émerge du tombeau. Elle ressemble à un guerrier armé d'une épée et d'un bouclier.

On dirait bien que Kardorim a le sommeil léger, finalement. Et quelque chose vous dit qu'il s'est réveillé de mauvaise humeur.

Vous dégainez votre arme, et vous portez un coup au spectre qui flotte devant vous. Ce dernier ne prend même pas la peine de parer votre attaque. Vous ne faites que brasser de l'air.

Vous voilà dans une situation fort délicate.

Vous reculez. Alors que vous réfléchissez à la meilleure façon de vous battre contre un fantôme, vous sentez une main glacée et osseuse se poser sur votre poignet. Kardorim est à plusieurs kamètres de vous, semblant attendre que vous vous décidiez à l'affronter, ce n'est donc pas lui qui cherche à vous serrer la main pour vous souhaiter la bienvenue dans sa crypte. Non, il s'agit d'un autre esprit, nettement plus amical à votre égard : Oskar !

Votre bras s'auréole d'une lumière spectrale. Vous allez pouvoir vous battre à armes égales !

Allez en 140.

38

Vous ouvrez les yeux. Vous êtes de retour dans la grotte de l'arakne. L'odeur entêtante qui baigne l'endroit vous chavire le cœur. Il fait très froid, votre corps est parcouru de frissons. Mais vous vous rendez très vite compte que c'est le moindre de vos soucis. Car la Mort est penchée sur vous.

Ses orbites vides vous fixent. Vous pouvez voir à travers la capuche qui recouvre son crâne translucide. La Mort semble très âgée. Elle ne correspond pas exactement à l'idée que vous vous en faisiez : vous l'imaginiez plus grande, avec une grande faux couleur de rouille. Mais même un peu rabougrie, elle reste la Mort, il serait donc malvenu de vous moquer de sa petite taille.

Il est probable que votre heure est venue, la Mort se déplace rarement pour rien.

Comment réagissez-vous à sa présence ?

Vous vous mettez à hurler. **Allez en 16.**

Vous faites le mort en espérant qu'elle va passer son chemin. **Allez en 211.**

38 *La Mort.*

39

Le bruit provient du ballot de paille. Après une rapide inspection, vous repérez un trou qui ressemble à l'entrée d'un nid. Vous jetez un coup d'œil à l'intérieur… et vous surprenez une tofoune en train de couver un œuf. Elle est affublée d'un ruban rose. Vous avez trouvé Jonquille !

Soudain, vous entendez des pépiements de colère dans votre dos. Vous vous retournez pour découvrir un gros tofu d'un jaune vif qui vous regarde méchamment. Quelque chose vous dit qu'il ne va pas vous laisser emmener Jonquille sans émettre de vives protestations.

Vous vous préparez à affronter l'imposant volatile.

Allez en 72.

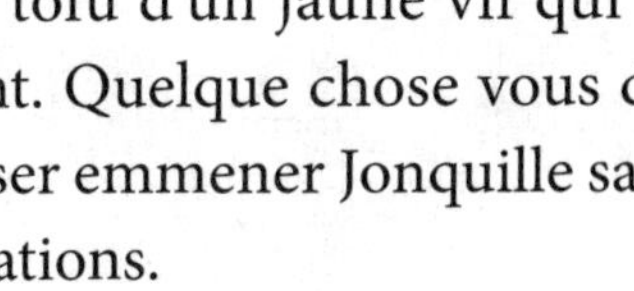

40

Vous arrivez à une bifurcation. Il y a trois directions possibles.

Vous prenez le tunnel nord-est. **Allez en 123.**

Vous optez pour le chemin sud-est. **Allez en 9.**

Vous empruntez le couloir sud-ouest. **Allez en 113.**

41

La menace la plus immédiate vous semble le gobelin au gourdin : l'avorton tente de vous écraser les orteils. Vous faites un bond pour éviter le coup, puis vous ripostez. Votre adversaire recule contre une bibliothèque encombrée de livres. Un épais grimoire bascule de l'étagère au-dessus de lui et tombe sur son crâne chauve. On dit que la plume est plus forte que l'épée, mais la vérité, c'est que les livres de plusieurs milliers de pages peuvent être assommants.

Voyant son acolyte mordre la poussière sous le poids de la connaissance, Lired – ou Arlo, peu importe – pousse un cri de rage et bondit dans votre direction. Il vous plante son javelot dans la fesse droite. **Vous perdez 1 Point de Vie.**

Vous saisissez la hampe du javelot pour le retirer de votre postérieur. Le gobelin s'accroche à son arme. Vous faites tournoyer la courte lance : la petite peste lâche prise et se retrouve propulsée dans les airs. Le gobelin rebondit contre une cage suspendue et atterrit tête la première dans un bocal. Le voir agiter ses jambes minuscules, coincé à faire le poirier, est un spectacle inoubliable.

Mériana vous déclare vainqueur !

Allez en 173.

42

Vous longez le bord du plateau d'Incarnam pour descendre vers le sud. En contrebas, les nuages s'effilochent sur les rochers. Vous traversez la prairie et vous parvenez à l'orée de la forêt de frênes.

Vous scrutez la végétation à la recherche de traces de Jonquille. Vous repérez de nombreux sillons laissés par des larves, ainsi que des empreintes de sanglier. Hélas, pas de plume jaune ni de crotte de tofu.

Vous décidez d'utiliser le sifflet que vous a donné Pipelette. ***Allez en 85.***

Vous repartez vers le nord-est pour aller explorer les champs. ***Allez en 234.***

43

Vous n'avez aucune envie de poser le pied sur ce pont alors que la tempête fait rage tout autour de vous.

Vous cherchez un autre endroit pour vous abriter de la fureur des éléments. Malheureusement, vous ne réussissez qu'à vous blesser en essayant de ramper sous une charrette : renversée par une bourrasque, elle manque de vous écraser. **Vous perdez 1 Point de Vie.**

Vous n'avez pas le choix, vous devez rejoindre le pic de pierre sur l'îlot.

Vous rassemblez votre courage et vous vous aventurez sur le pont. ***Allez en 180.***

44

Certes, ce n'est pas la chorégraphie de combat la plus agréable pour l'œil. Pas de bond dans les airs au ralenti avec les cheveux qui flottent dans le vent, pas de passe d'armes interminable dans les escaliers. Non, rien de tout cela. Mais ce n'était pas le but. Vous êtes en train de lutter pour votre vie.

Sous la force de votre coup, la cage thoracique du chafer explose. Quelques morceaux d'os pointus se plantent dans votre bras. **Vous perdez 1 Point de Vie.**

S'il respirait, le squelette en aurait eu le souffle coupé. Pour l'heure, il se contente de vous regarder, outré. Pourquoi ce déchaînement de violence ? Vous lui fracassez le crâne en guise de réponse.

Vous êtes encore debout ? Eh bien, le score est de 2 à 0 en votre faveur.

Si Nybi vous a accompagné, il est toujours sur le

pont. Le milicien assène un coup de hallebarde bien placé dans les tibias du dernier chafer encore debout. Le squelette s'effondre dans un craquement sec.

Le Kerubim n'est pas avec vous ? Il vous reste donc deux adversaires à affronter… ou pas. Car au vu du sort de leurs autres collègues, les chafers hésitent. Eh bien quoi, ce n'est pas parce que l'on est mort que l'on n'a pas le droit d'avoir l'instinct de conservation ! Après avoir analysé la situation en tirant sur les élastiques de leurs slips, les deux sacs d'os décident d'aller voir ailleurs si vous y êtes. Pas très glorieux, certes, mais nettement moins pénible pour leurs articulations que vos coups de boutoir.

Dans tous les cas, la voie est libre !

Si Nybi a combattu à vos côtés, ***allez en 154****.*

Dans le cas contraire, ***allez en 200****.*

45

« Le Dark Vlad, ici, sur Incarnam ? »

Le visage du capitaine est devenu grave. L'espace d'un instant, son regard se perd dans le vague, comme si des évènements lui revenaient en mémoire.

« Si ce que tu dis est vrai, alors les rumeurs qui circulent depuis quelques semaines pourraient bien se vérifier. Je n'ai pas passé toute ma vie ici, dans la tour de la milice. J'ai exploré le Monde des Douze… certains êtres qui vivent là-bas sont très dangereux. Je n'aimerais pas les voir rôder parmi nous. Le Dark Vlad est l'un d'entre eux.

Quant à Mériana, je ne l'ai jamais rencontrée, mais j'ai déjà entendu son nom à plusieurs reprises. Son pouvoir n'est pas à sous-estimer.

Il existe un moyen de parler à la magicienne sans quitter Incarnam : l'Orbalantyr. Il ne doit toutefois être utilisé qu'en cas d'urgence. Je ne suis pas sûr que la situation l'exige. »

Vous sentez un souffle froid sur votre nuque. Vous réprimez un frisson, et vous demandez au capitaine ce qu'est l'Orbalantyr.

« C'est un globe enchanté, qui permet aux magiciens les plus puissants de communiquer entre eux, où qu'ils soient. Il n'en existe que six… et l'un d'eux se trouve ici, dans le sous-sol de la tour. »

Le capitaine marque un temps d'arrêt, comme s'il se rendait compte qu'il en a peut-être trop dit.

« Je te remercie pour les informations que tu m'as données. Cette affaire n'est désormais plus de ton ressort. Si le Dark Vlad est bien sur Incarnam, ce n'est pas à toi de l'affronter. Tu peux te retirer. Je te préviendrai quand j'aurai une nouvelle mission à te confier. »

Vous avez du mal à cacher votre déception. Vous sentez à nouveau un vent glacé traverser la pièce. Il y a vraiment des courants d'air ici !

Votre glorieux destin est en jeu. Qu'allez-vous faire ?

Vous tentez de convaincre le capitaine de vous laisser utiliser l'Orbalantyr, votre avenir en dépend ! **Allez en 145.**

Vous obéissez aux ordres et vous saluez le capitaine avant de quitter la pièce. **Allez en 244.**

46

Lorsqu'elle vous voit revenir avec Jonquille, Pipelette manque défaillir. Vous avez réussi à retrouver sa tofoune ! Vous êtes un héros !

Après son escapade, Jonquille reprend sa place dans le tofulailler. **Supprimez la cage à tofu de votre inventaire.**

Pour fêter votre victoire, vous avez droit à une montagne de crêpes en guise de remerciement. Vous en dégustez quelques-unes, mais vous restez raisonnable. Après tout, vous êtes en patrouille, mieux vaut donc ne pas trop vous charger l'estomac.

Vous récupérez 1 Point de Vie.

Avant que vous ne repreniez la route, Pipelette tient à vous faire un cadeau : un bocal de confiture faite maison. Elle vous garantit que son goût est aussi inimitable qu'inoubliable, il faut juste ne pas avoir le palais trop délicat. Un héros de renom en avait même fait son dessert préféré.

Le pot de confiture occupe une case de votre inventaire, vous devez donc disposer d'un emplacement libre.

Vous dites au revoir à Pipelette, puis vous partez en direction de la forêt. ***Allez en 97.***

47

Vous voyez rouge. Vous vous ruez sur le Dark Vlad, et vous le frappez avec une force dont vous ne vous seriez pas cru capable.

Le Iop est surpris par votre férocité. Il tente de parer, d'esquiver la pluie de coups qui s'abat sur lui, mais c'est impossible.

Votre adversaire recule au centre de la plate-forme rocheuse. Vous ne lui laissez aucun répit. Vous ne ressentez plus la douleur, ni la fatigue. Vous ne craignez pas la mort. Vous êtes la mort.

Le Dark Vlad hurle un appel. Il scrute désespérément le ciel, comme s'il attendait du renfort. Mais nulle créature maléfique ne vient à son secours.

Vous bondissez dans les airs, puis vous terrassez votre ennemi dans un dernier coup dévastateur.

Vous êtes aveuglé par une lueur éblouissante.

Votre corps est projeté en arrière par une déflagration d'énergie magique.

Si vous n'avez pas trouvé la quatrième Écaille de Prysmaradoth, **vous perdez 2 Points de Vie** à cause de l'explosion. Celle-ci vous sera peut-être fatale.

Si l'Écaille est incrustée dans votre pendentif, une aura élémentaire vous protège. Vous êtes indemne.

Le Dark Vlad se relève, lui aussi sain et sauf, mais il semble… différent.

*Si vous êtes toujours en vie, **allez en 31**.*

48

Vous orientez vers le globe la figurine représentant un magicien qui se couvre les oreilles. Le personnage se met à briller d'une lueur irisée.

Les lumières à la surface de l'Orbalantyr sont animées de pulsations. Vous avez l'impression qu'elles suivent le rythme de votre respiration.

Il vous faut décider dans quel ordre vous tournerez les deux autres figurines.

Vous tournez le magicien qui se couvre les yeux, puis vous terminez par celui qui se couvre la bouche. **Allez en 230.**

Vous tournez le magicien qui se couvre la bouche, puis vous terminez par celui qui se couvre les yeux. **Allez en 210.**

49

Pendant un court instant, votre adversaire est surpris par votre initiative. Vous avez le temps de lui coller un bon coup sur la tête avant qu'il ne batte en retraite. Vous constatez alors qu'il se déplace rapidement malgré sa taille. Nul doute qu'il vous battrait à plate couture si vous disputiez une course de vitesse.

Vous le laissez venir à vous, puis vous frappez dès qu'il est à portée de vos coups. **Allez en 146.**

Vous foncez sur cette boule de plumes pour la catapulter dans les airs d'un grand coup de pied. **Allez en 229.**

50

Vous gravissez l'arche naturelle pour atteindre le sommet du pilier. La plupart des symboles et des pictogrammes visibles sur la pierre blanche de l'autel sont indéchiffrables, mais vous parvenez tout de même à lire un mot : « Prysmaradoth ».

Les quatre cristaux sont respectivement vert, bleu, rouge et jaune. Vous comprenez que chacun d'eux est lié à un élément et représente un dragon.

Vous touchez le cristal vert. Vous sentez un vent frais sur votre visage. Un être brumeux apparaît à l'intérieur de la roche translucide. Ses quatre ailes sont couvertes de plumes. Vous contemplez l'image d'Aerafal, le dragon de l'air.

Vous posez la main sur le cristal bleu. L'odeur de la mer monte à vos narines. Une créature au corps ondulant semble flotter dans les profondeurs de la pierre. Utilise-t-elle ses ailes pour voler, ou pour nager ? Vous contemplez l'image d'Aguabrial, le dragon de l'eau.

Vous effleurez le cristal rouge, puis vous retirez précipitamment votre main. La surface lisse est brûlante. Une forme massive et incandescente s'embrase au cœur de la gemme. Vous contemplez l'image d'Ignemikhal, le dragon du feu.

Enfin, vous laissez vos doigts courir le long des facettes du cristal jaune. La pierre a un grain irrégulier. Une inclusion évoquant une silhouette serpentine se devine derrière les reflets. Vous contemplez l'image de Terrakourial, le dragon de la terre.

Au-dessus de l'autel, vous voyez une image fugitive se former. Un dragon chatoyant, aux écailles multicolores, prend son envol… et disparaît dans l'envergure protectrice du grand dragon de pierre dont les ailes se confondent avec la voûte de la caverne.

Le triangle d'obsidienne qui pend à votre cou émet une vive lueur. Durant un bref instant, vous avez l'impression de faire partie d'un tout, de remonter le fil du temps, de contempler l'immensité du Krosmoz à travers les yeux de plusieurs générations de dragons immortels…

« Hey, qu'est-ce que tu fabriques ? Je te rappelle qu'on a un Dofus Émeraude qui nous attend, c'est pas le moment de bayer aux corbacs ! »

Oskar vous a ramené à la réalité. Les visions ont disparu.

Vous rejoignez le fantôme du Sram près du portail.

Si Oskar vous a déjà parlé de la statuette, ***allez en 83****. Dans le cas contraire,* ***allez en 190****.*

51

Vous vous présentez en bonne et due forme, et vous attendez que la Iop fasse de même.

« Je me nomme Laura. Je suis la gardienne de l'épée du Grand Batailleur. Je répands la parole du plus fort des dieux sur Incarnam. J'ai aussi été élue reine du courage cette année, comme tous les ans d'ailleurs. »

Vous comprenez la raison d'être de son couvre-chef plutôt inhabituel… Et comme vos yeux s'attardent sur le haut de son crâne, vous retenez votre souffle. Une pierre verte en forme d'écaille brille sur le devant du cercle d'or qu'elle porte sur la tête.

Vous faites comme si de rien n'était, retenant l'envie de vous emparer de la couronne et de vous enfuir avec votre butin.

Vous demandez innocemment comment elle a gagné son titre de reine du courage.

« Je n'ai pas eu à faire grand-chose… C'était presque trop facile, en réalité. La plupart des Iops qui passent par ici ne m'arrivent pas à la cheville. Quant à ceux qui ne sont pas des adeptes du Grand Batailleur, ils n'ont tout simplement aucune chance. »

Laura semble sûre d'elle. Et si vous lui proposiez de remettre son titre en jeu ? Face à un héros tel que vous, elle pourrait bien trouver un adversaire à sa mesure…

Allez en 94.

52

Vous vous jetez au sol, convaincu que Mériana va vous roussir les poils du nez à coup de boules de feu. C'est ce que font les magiciennes contrariées, n'est-ce pas ?

L'Enutrof éclate d'un rire cristallin. Strig s'envole et va se percher sur le dossier d'une chaise de bois sculpté.

« Tu as de bons réflexes ! Ne crains rien, si j'avais voulu me débarrasser de toi de façon expéditive, tu ne serais plus là depuis longtemps.

Eh bien, as-tu perdu ta langue ? As-tu fait vœu de silence ? Même si ton corps est loin d'ici, tu peux me faire entendre ta jolie voix. C'est à cela que servent les Orbalantyrs. Voir, écouter et parler. »

Vous articulez péniblement quelques mots. Vous avez le sentiment étrange que c'est une autre personne qui s'exprime à votre place, comme si vous n'étiez qu'un simple spectateur. Vous vous concentrez. Vous parvenez finalement à prononcer une phrase qui a un sens.

Vous vous présentez brièvement, tout en vous excusant de la déranger dans sa retraite.

« Tu ne me déranges pas vraiment. Je savais que quelqu'un allait se manifester, et il y a de bonnes chances pour que ce soit toi que j'attendais. »

Strig émet un hululement interrogatif.

« Je ne pense pas me tromper en disant que tu as rencontré Oskar. As-tu de ses nouvelles ? »

Vous résumez les évènements qui vous ont poussé à prendre contact avec la magicienne. **Allez en 169.**

53

Si l'on vous demandait de sauter du haut d'un pont suspendu, vous y réfléchiriez à deux fois. Il est même probable que vous refuseriez, considérant une telle demande comme saugrenue, voire comme de la pure folie.

Néanmoins, dans le contexte actuel, vous êtes prêt à faire une exception… car vous avez la foi. Foi en votre destin.

Bon, vous avez peut-être un peu les foies aussi, mais l'un n'empêche pas l'autre.

Vous vous arrêtez à quelques kamètres du bord rocheux. Sous vos pieds, les nuages semblent se rassembler pour vous accueillir. Ou peut-être se déplacent-ils simplement au gré des vents.

Vous inspirez un bon coup, vous pensez à Aerafal, le dragon de l'air. Vous espérez qu'il ne va pas vous laisser tomber.

Vous tournez la tête vers Laura pour la défier du regard.

Puis vous vous élancez dans le vide en poussant un hurlement libérateur.

Si vous avez une outre de vent dans votre sac, ***allez en 136****. Si l'outre de vent se trouve dans le coffre que vous avez loué à la taverne, et s'il vous reste une potion de Grobid, vous pouvez aller chercher l'outre avant de sauter.*
Si vous êtes un Iop, ***allez en 66****.*
Si vous n'êtes ni un Iop, ni l'heureux possesseur d'une outre de vent, ***allez en 172****.*

54

Strig vous regarde avec son air de chouette en hululant. Vous ne savez pas trop si elle est contente de vous voir, car vous ne maîtrisez pas la langue des oiseaux. Elle bat des ailes et ramasse un objet avec son bec : un lacet de cuir au bout duquel pend une pierre d'un noir profond.

Vous prenez délicatement le collier dans votre main. Il s'agit du triangle d'obsidienne décrit par Mériana. Les trois Écailles de Prysmaradoth se fixent dessus parfaitement. Un logement vide marque l'emplacement de la quatrième écaille, celle qui a disparu.

Une fois placées à l'intérieur du triangle, les couleurs des écailles semblent plus intenses, plus profondes, comme si elles se complétaient les unes les autres. Mais ce n'est peut-être qu'une illusion.

Strig s'envole et va se percher sur le bord d'une nacelle fixée à un ballon. Elle fait un mouvement de la tête, comme si elle vous invitait à grimper à l'intérieur.

Si vous n'avez pas discuté avec le capitaine des Kerubims, vous pouvez ***aller le voir en 231****.*

Si vous avez déjà salué le capitaine, ou si vous n'avez aucune envie de lui parler, ***allez en 87****.*

55

Vous faites appel à vos souvenirs, vous comptez sur vos doigts, puis vous donnez votre réponse. 55. Le capitaine des Kerubims a 55 ans.

Mériana s'approche de vous, un sourire sur le visage. Vous avez trouvé l'âge du capitaine !

« Bien. Tu n'as pas lâché prise, malgré un début de migraine. Cela montre une certaine motivation. Tu ne rechignes pas à faire tourner tes méninges, ce qui n'est pas le cas de tous ceux qui rêvent de devenir des héros. Et surtout… il y a en toi quelque chose de différent. Une étincelle, un souffle, une inspiration. Tu sembles bien celui que j'espérais rencontrer. Xélor seul sait depuis combien de temps je patiente dans ces marais…

Nous aurons l'occasion de parler de ton destin quand tu viendras me rendre visite sans l'aide de l'Orbalantyr. Mais d'abord, tu as un Dofus qui t'attend. Le Dofus Émeraude, l'œuf d'Aerafal, dragon de l'air et des vents. Le Dofus détenu par le Dark Vlad. »

Vous écoutez Mériana avec attention, buvant ses paroles. Vous en oubliez l'odeur de brûlé provenant des neurones que vous avez grillés en calculant l'âge du capitaine.

« Le seigneur de la forêt Maléfique est un adversaire redoutable. Tu n'as aucune chance de survivre à un affrontement contre lui. Heureusement pour toi, il existe un moyen de faire pencher la balance en ta faveur : les Écailles de Prysmaradoth. »

La magicienne pointe sa baguette vers un grimoire usé par les ans. Le livre s'ouvre et flotte vers vous, comme s'il était tenu par une main invisible.

Le texte qui apparaît sur les feuilles jaunies est écrit dans une langue que vous ne comprenez pas. Un symbole constitué d'un triangle et de quatre formes irrégulières est dessiné sur l'une des pages.

« Incrustées dans un pendentif en obsidienne, les écailles accordent des vertus à leur porteur. Le courage, l'endurance, la férocité... La dernière écaille a été perdue. Les trois autres sont cachées sur Incarnam.

Si tu réunis les trois écailles, tu hériteras de leurs pouvoirs. Tu seras alors assez fort pour combattre le Dark Vlad. »

On dirait bien que vous allez devoir vous lancer dans une nouvelle quête... Vous demandez à Mériana si elle sait où trouver les écailles de Prysmaradoth. La magicienne fait un geste.

Strig vient se poser sur le bras de sa maîtresse.

« Oui, je le sais, et je vais te le révéler. Pendant que tu cherches les écailles, Strig cherchera le pendentif. Ma fidèle amie peut atteindre des endroits inaccessibles... Lorsqu'elle aura récupéré le triangle d'obsidienne, elle te l'apportera. Tu n'auras qu'à l'attendre sur l'Aire de l'Envol, au crépuscule. »

La voix de Mériana se fait plus faible, comme si elle s'éloignait.

« Le pouvoir de l'Orbalantyr s'épuise… Approche-toi. »

Mériana vous murmure quelques phrases à l'oreille. Une brume iridescente vous enveloppe. Bientôt, vous ne distinguez plus rien autour de vous.

Vous clignez des paupières. Vous êtes de retour sur Incarnam, dans la salle de l'Orbalantyr.

Allez en 144.

56

Vous parvenez à un croisement. Vous avez le choix entre trois couloirs différents.

Vous prenez le chemin nord-est. ***Allez en 9.***

Vous préférez suivre le tunnel sud-est. ***Allez en 133.***

Vous avancez dans le couloir nord-ouest. ***Allez en 113.***

57

Vous vous ruez vers la sépulture, vous bondissez par-dessus le rebord de pierre et vous atterrissez parmi les ossements de Kardorim. À peine avez-vous posé la main sur le bouclier que vous êtes projeté dans les airs. Vous heurtez la voûte de pierre, puis vous retombez lourdement sur le sol dallé, à quelques kamètres de la tombe ouverte. **Vous perdez 2 Points de Vie.**

Le fantôme flotte vers vous, la lame évanescente de son épée pointée en direction de votre cœur.

Vous vous jetez sur le fantôme de tout votre poids. ***Allez en 126.***

Vous vous relevez et vous tentez de vous enfuir vers l'entrée de la crypte. ***Allez en 103.***

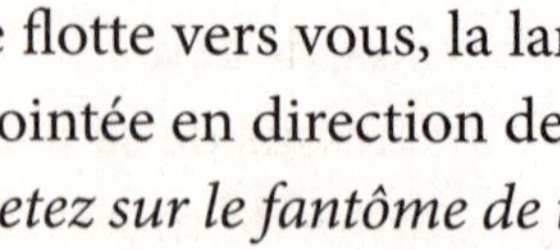

58

Le Dark Vlad ne semble pas décidé à vous laisser battre en retraite. Tout du moins, pas encore. Il fait un geste dans votre direction.

« Où vas-tu ? Je n'en ai pas fini avec toi ! »

Un tourbillon d'air chaud emprisonne vos jambes. Vous n'arrivez plus à bouger. Des vents brûlants vous fouettent le visage avec violence. **Vous perdez 1 Point de Vie.**

Le Iop aux cheveux de feu s'avance. Il lève son épée enflammée au-dessus de sa tête.

« Il est temps pour toi de mourir ! »

Vous ne pouvez échapper à la fournaise déchaînée par le Dark Vlad. Vous tombez à genoux. **Vous perdez 2 Points de Vie supplémentaires.**

Peut-être est-ce la fin de votre aventure… mais s'il subsiste une once de vie en vous, il y a encore de l'espoir.

Derrière le Dark Vlad, vous apercevez Oskar qui se tient immobile, comme sous l'effet d'un sortilège.

Vous poussez un cri de rage, et vous parvenez à vous libérer de l'étreinte des vents.

Vous reculez pour récupérer, tout en essayant de vous calmer. ***Allez en 29.***

Vous laissez libre cours à votre colère et vous attaquez le Dark Vlad. ***Allez en 47.***

59

Votre nouvelle tactique s'avère moins glorieuse, mais aussi moins douloureuse. Méthodique et implacable, vous ne laissez pas une chance à votre adversaire de blesser votre amour-propre encore une fois. L'épouvantail finit en petit tas informe sur le sol dallé. Vous êtes déclaré vainqueur.

Si vous avez déjà rencontré le capitaine, ***allez en 129.***

Si vous n'avez pas encore parlé au capitaine, il est sans doute temps de le faire. Vous descendez l'escalier pour aborder l'homme présent dans la salle du bas. ***Allez en 143.***

60

Quelle que soit l'arme que vous utilisez, elle est enchantée. Oui, enchantée de faire connaissance avec le crâne d'Arlo, à moins que ce ne soit celui de Lired, peu importe.

Le gobelin s'écroule. Il n'est pas mort, mais il a son compte. S'il avait su, il n'aurait pas venu.

Vous n'avez pas le temps de savourer votre victoire : vous sentez une vive douleur dans votre dos. **Vous perdez 2 Points de Vie.**

L'autre gobelin n'a pas apprécié le traitement que vous avez infligé à son acolyte. Il a ramassé le javelot et vous a embroché comme un gigot.

Vous êtes encore debout ? Tant mieux. Cela vous donne l'occasion d'en finir avec cette petite vermine.

Vous faites face au gobelin. Sa détermination semble soudain fondre comme neige au soleil. Est-ce votre visage déformé par la colère, ou bien la lueur meurtrière dans votre regard ? Votre adversaire laisse tomber son arme et recule. Il se rend, il s'excuse, il n'a pas voulu vous faire mal, c'était un accident, le coup est parti tout seul !

Vous poussez un long et profond soupir. Le combat est terminé.

Allez en 173.

61

Vous êtes un disciple de Sacrieur, la Dame Écarlate. Pour vous, la question ne se pose pas : entre l'or et le sang, le choix est vite fait. Les kamas n'ont aucune valeur comparée à la puissance du fluide vital qui court dans vos veines.

Vous posez la paume de votre main sur la corne pointue de la Likrone, puis vous appuyez fortement.

Ah, qu'il est bon de souffrir ! Comme la douleur est exquise !

Votre sang rouge et épais s'écoule le long de la crinière sculptée de la statuette, avant de disparaître par de petites ouvertures. Vous retirez votre main presque à regret. Bientôt, il ne reste plus que quelques gouttes perlant au bout de la corne miniature.

Vous espérez qu'il restera une cicatrice de cette

expérience. Vous les collectionnez, comme d'autres les pièces anciennes ou les peluches de la foire du Trool.

Soudain, l'Orbalantyr commence à s'ouvrir à la manière d'un œil. Les écailles qui le recouvrent disparaissent progressivement. D'abord d'un blanc laiteux, la surface du globe devient luminescente, se teintant de mille couleurs. C'est comme si vous contempliez la naissance d'un arc-en-ciel…

Vous entendez un déclic. Vous constatez qu'une figurine est apparue sur chacun des pieds de l'Orbalantyr.

Allez en 105.

62

Tandis que vous marchez vers l'ouest, vous croisez un Iop qui, lui aussi, semble un peu à l'ouest : il court après un bouftou à moitié tondu. Vous l'interpellez et vous lui demandez s'il saurait où se trouve l'épée de son dieu tutélaire.

Le disciple du seigneur des braves vous répond par l'affirmative, avant de se lancer dans un monologue aussi interminable qu'incompréhensible.

Vous faites appel à toute votre volonté pour ne pas vous endormir. Au milieu de ce galimatias, vous parvenez à extraire une information utile : l'Épée de Iop serait plantée dans la roche, sur un îlot au bord d'Incarnam.

Vous partez en direction du nord-ouest. Après avoir traversé plusieurs ponts suspendus, vous arrivez devant une grande épée de pierre.

Allez en 167.

63

Tandis que vous reculez, parant et esquivant du mieux que vous pouvez, le Milimilou hume l'air, comme s'il sentait quelque chose. Il pointe son museau dans votre direction, puis pousse un nouveau hurlement. Les trois monstres cessent leurs attaques.

Soudain, le fauve fait un bond prodigieux et atterrit juste devant vous. Vous tombez à la renverse. Vous entendez un bruit de verre brisé ; quelque chose s'est cassé dans votre sac.

Une odeur forte et sucrée monte à vos narines.

Le Milimilou a un regard étrange. On dirait presque que la rage l'a quitté. Il vous flaire en poussant des grognements.

Vous vous débarrassez de votre sac. Le monstre l'ouvre d'un coup de griffe et se met à fouiller frénétiquement l'intérieur avant d'en sortir des morceaux de bocal. Vous reconnaissez le pot que vous a donné Pipelette. Il semble que le Milimilou ait un faible pour la confiture de la vieille Enutrof…

Supprimez le pot de confiture de votre inventaire.

Vous vous éloignez de la bête qui ne se préoccupe plus de vous… pour l'instant. En revanche, les trois autres créatures, après un moment d'hésitation, avancent vers vous avec des intentions toujours aussi belliqueuses. Vous vous adossez à la cage brisée. De quel adversaire allez-vous vous occuper en premier ?

Le sanglier mérite un bon coup sur le groin. ***Allez en 114.***

Le chafer mérite de se faire briser les os. ***Allez en 163.***

La larve mérite de finir en pulpe. ***Allez en 220.***

64

Attaque. Contre-attaque. Riposte. Les coups s'enchaînent de part et d'autre. Comme vous pouviez vous y attendre, le Dark Vlad est un adversaire redoutable… mais vous vous en sortez plutôt bien. Vos gestes sont précis, vos réflexes aiguisés. Vous ne ressentez pas la peur. La pression sur votre poitrine ferait s'écrouler un combattant ordinaire, mais vous serrez les dents.

Tandis que vous bataillez ferme, vous apercevez Oskar qui tente de se glisser dans le dos du Dark Vlad. Que prépare-t-il ?

Quel qu'ait été son plan, le Sram ne pourra le mettre à exécution. La sorcière esquisse un geste : le fantôme se fige brusquement, comme hypnotisé.

Vous songez à porter secours à Oskar en attaquant la magicienne, mais le Dark Vlad ne vous en laisse pas l'occasion. Le Iop maléfique fait tournoyer sa lame de feu.

« Ton destin est de périr ici ! »

Une gerbe de flammes vous enveloppe. Vous ressentez une douleur cuisante. **Vous perdez 2 Points de Vie.**

Vous n'êtes pas mort carbonisé ? Vous sentez la rage monter en vous.

Vous tempérez votre ardeur et vous reculez pour récupérer un peu. ***Allez en 187.***

Vous laissez libre cours à votre colère. ***Allez en 47.***

65

Le monstre pousse une sorte de sifflement contrarié, puis recule. Il n'a pas l'habitude de voir ses proies lui tenir tête. Mais il a faim, et la perspective de vous déguster le motive suffisamment pour qu'il ne laisse pas passer l'occasion.

L'arakne ouvre sa gueule et crache un flot de fils baveux qui atterrit sur vos chevilles. Vous ne pouvez plus avancer.

Vous restez sur place et vous insultez copieusement l'arakne sans la quitter des yeux. ***Allez en 22.***

Vous essayez de vous libérer en tentant d'arracher la toile gluante qui vous empêche de bouger. ***Allez en 135.***

66

Votre hurlement libérateur se transforme en hurlement tout court. Vous tombez comme une pierre. Vous avez une outre de vent dans votre sac ? Cela ne change rien, car comme tous les Iops, vous êtes particulièrement lourd.

Franchement, à quoi pensiez-vous en vous jetant ainsi dans le vide ? À rien, probablement.

Il faut dire que vous êtes le descendant d'une longue lignée de guerriers sans peur, sans reproche et sans cervelle… Comment cela, ce ne sont que des préjugés ? C'est ce que beaucoup pensent de vous et de vos semblables, en tout cas. Bon, d'accord, vous êtes peut-être plus malin que ça… mais dans la situation présente, avouez que le doute est permis.

Peu importe. Car votre témérité a attiré l'attention de votre dieu tutélaire. Ce n'est pas tous les jours qu'il voit voler un Iop ! Pendant une fraction de seconde, vous l'avez amusé. C'est un peu court pour faire connaissance, mais c'est suffisant. Il a donc décidé d'intervenir. Et cela tombe bien car vous en avez vraiment besoin.

Vous atterrissez sur le bout d'une énorme branche accrochée à la paroi rocheuse. Elle fléchit sous votre poids, puis se redresse brusquement, vous propulsant dans les airs.

Vous refaites le chemin en sens inverse, puis inévitablement, vous redescendez vers Incarnam. Le sol se rapproche rapidement.

Heureusement, une brusque rafale de vent dévie votre trajectoire, et vous atterrissez dans le feuillage d'un arbre rabougri qui amortit votre chute.

Vous vous retrouvez au pied de la grande épée de pierre, miraculeusement indemne.

Merci qui ? Merci Iop !

Allez en 80.

67

Voyant qu'il y a finalement un peu trop de monde sur le pont, vous faites une sortie peu orthodoxe, interprétant à la perfection le rôle de la boule tandis que les deux chafers qui vous poursuivaient font les quilles. La bonne nouvelle, c'est que les squelettes tombent dans le vide sous votre impulsion du moment. La mauvaise, c'est que votre roulade se termine aux pieds osseux d'un troisième chafer. Ce dernier ne se prive pas de vous souhaiter la bienvenue en vous assénant un bon coup d'épée. **Vous perdez 2 Points de Vie.**

Toujours en vie ? C'est le moment d'en profiter !

Aiguillonné par la douleur, vous saisissez les chevilles du sac d'os, puis vous écartez les bras d'un geste brusque. Vous vous retrouvez avec une jambe dans chaque main et un squelette cul-de-jatte qui proteste vigoureusement contre le vol de ses membres inférieurs.

Vous courez vers le pont.

Si Nybi vous a accompagné dans le cimetière, vous constatez que le chemin est dégagé : les chafers ont retrouvé la position couchée qu'ils n'auraient jamais dû quitter.

Si le milicien a préféré rester à l'entrée, il vous reste deux squelettes à affronter… du moins, en théorie. Car le hasard – ou le destin – fait que vous êtes tombé sur deux chafers particulièrement impressionnables. Vous tenez encore les jambes de l'un de leurs collègues dans votre main. Ça ne les rassure pas. Ils n'ont pas envie de servir de mannequin de démonstration dans une salle de classe, ni de voir leurs tibias transformés en baguettes pour nécromancien. Ils décident donc de prendre leurs jambes à leur cou tant qu'ils le peuvent encore et de détaler.

Vous pouvez franchir le pont !

Si Nybi a combattu à vos côtés, ***allez en 154****.*

Dans le cas contraire, ***allez en 200****.*

68

Vous ne savez pas précisément ce qui a provoqué la mort d'Oskar. Mieux vaut donc être prudent.

Tandis que vos yeux s'habituent à la semi-obscurité, vous regardez tout autour de vous. À part le portail magique, les restes du Sram et quelques concrétions minérales, la caverne semble vide. Du moins, au premier abord… En vous approchant prudemment de l'entrée, et en vous plaçant sur le côté, vous distinguez une petite forme près de la paroi rocheuse, dissimulée derrière une stalagmite.

Vous regardez plus attentivement. Cela ressemble à une poupée incroyablement laide faite de chiffon et de goudron. Elle est immobile, ce qui semble normal au premier abord… mais quelque chose vous dit qu'il ne s'agit pas d'un jouet pour enfant.

Vous possédez le bouclier de Kardorim dans votre inventaire ? ***Allez en 184.*** *Si le bouclier se trouve dans le coffre que vous avez loué à la taverne, et s'il vous reste une potion de Grobid, vous pouvez aller le chercher puis revenir à ce paragraphe.*

Il vous est impossible de vous servir du bouclier ? Dans ce cas, ***allez en 19****.*

69

Vous avez compris qu'il ne fallait pas laisser à ce volatile l'occasion de battre en retraite pour échapper à votre juste courroux. Mû par un étrange réflexe, vous donnez un coup de tête dans le tofu pour l'étourdir, puis vous le projetez d'un grand coup de pied entre les deux poteaux d'une clôture. But !

Honteux d'avoir été pris pour un vulgaire ballon, l'animal va se cacher, vous laissant le champ libre.

Il ne vous reste plus qu'à vous occuper de Jonquille. **Allez en 81.**

70

La statue du dragon qui se dresse sous la voûte de la caverne semble vous suivre du regard. Êtes-vous le bienvenu ici, ou êtes-vous un intrus ? Vous ne sauriez le dire.

Les flammes chatoyantes qui brûlent à la surface du lac se reflètent sur le miroir des eaux. Oskar vous presse de franchir le portail près de la rive.

Autour de l'autel, au sommet du pilier de pierre, les grands cristaux colorés brillent à la lumière de la lune.

Si vous voulez examiner les cristaux de plus près, ***allez en 50.***

Vous préférez rejoindre le portail ? Si le Sram vous a déjà parlé de la statuette, ***allez en 83****. Dans le cas contraire,* ***allez en 190****.*

Vous pouvez aussi faire demi-tour et descendre l'escalier pour sortir du temple. ***Allez en 178.***

71

Alors que vous ne pensiez pas cela possible, la pluie s'intensifie. Vous êtes trempé jusqu'aux os, et vous grelottez. **Vous perdez 1 Point de Vie.**

Vous manquez perdre l'équilibre plusieurs fois sous les assauts du vent glacé. Vous comprenez que si vous trébuchez près du bord du plateau rocheux, vous basculerez dans les ténèbres.

Vous décidez de vous arrêter pour chercher un abri.

Si vous êtes un Crâ, ***allez en 88****. Sinon,* ***allez en 161****.*

72

Vous pouvez utiliser votre pouvoir magique à la fin de chaque paragraphe, et ce pendant toute la durée du combat.

Si vous possédez une épée Tulante et que vous choisissez de vous en servir pour disputer ce combat, feuilletez rapidement les pages de ce livre, puis arrêtez-vous au hasard. Regardez le dernier chiffre du numéro de la page de droite. Si ce chiffre est 5, 7 ou 9, vous récupérez 1 Point de Vie.

Le tofu est d'une taille assez imposante, il ne vous paraît pas vraiment possible de le chasser d'un simple coup de pied. Pour sa part, il semble bien décidé à vous faire déguerpir.

Vous tentez de garder vos distances pour éviter ses coups de bec. ***Allez en 249.***

Vous foncez sur le tofu pour lui voler dans les plumes. ***Allez en 49.***

73

Plus enragé qu'un kanigrou à qui l'on a volé son os, vous vous livrez à un véritable jeu de massacre. Le mannequin réplique invariablement à chacune de vos attaques tel un tourniquet revanchard, mais vous n'y prêtez pas attention. Du moins, pas avant que le combat ne soit terminé. Une fois l'épouvantail coupé en petits morceaux, vous retrouvez vos esprits, et la douleur ne tarde pas à apparaître. **Vous perdez 1 Point de Vie.**

Si vous avez déjà rencontré le capitaine, ***allez en 129****.*

Si vous n'avez pas encore parlé au capitaine, il est sans doute temps de le faire. Vous descendez l'escalier pour aborder l'homme présent dans la salle du bas. ***Allez en 143.***

74

Tandis que vous courez à perdre haleine dans le couloir, une forme massive tombe du plafond juste devant vous. Deux énormes yeux globuleux, une rangée de dents dont chacune est plus grosse que votre poing, un corps recouvert de poils collants, des pattes fines et velues… Pas de doute, il s'agit d'une arakne. Mais celle-ci n'est pas seulement beaucoup plus grosse que la normale, elle est aussi particulièrement affamée. *Vous allez devoir vous battre pour votre vie.* ***Allez en 17.***

74 *L'arakne des cavernes.*

75

En tant qu'adepte de Féca la Protectrice, vous reconnaissez ce symbole : il s'agit d'un glyphe magique d'agression, qui a sans doute pour but de blesser tous ceux qui restent proches du tombeau… Vous bondissez en arrière. Le glyphe se met à rougeoyer. Pendant quelques secondes, le sol devient brûlant autour de la sépulture. De petites flammes dansent sur la pierre… puis le feu s'éteint.

Vous n'avez plus rien à craindre de ce piège. Ce n'était sans doute qu'un avertissement destiné à décourager les pilleurs. Il en faudrait davantage pour vous faire renoncer !

Vous remerciez silencieusement votre déesse, puis vous ouvrez la tombe. Un squelette portant un haubert en lambeaux repose à l'intérieur. Contrairement aux chafers du cimetière, il ne semble pas vouloir se relever en ricanant. Un grand bouclier de métal recouvre ses jambes. Une écaille jaune est incrustée en son centre.

Vous n'avez pas le temps d'en voir davantage. Vous êtes brutalement poussé en arrière. Une forme translucide émerge du tombeau. Elle ressemble à un guerrier armé d'une épée et d'un bouclier.

On dirait bien que Kardorim a le sommeil léger, finalement. Et quelque chose vous dit qu'il s'est réveillé de mauvaise humeur.

Vous dégainez votre arme, et vous portez un coup au spectre qui flotte devant vous. Ce dernier ne prend même pas la peine de parer votre attaque. Vous ne faites que brasser de l'air.

Vous voilà dans une situation fort délicate.

Vous reculez. Alors que vous réfléchissez à la meilleure façon de vous battre contre un fantôme, vous sentez une main glacée et osseuse se poser sur votre poignet. Kardorim est à plusieurs kamètres de vous, semblant attendre que vous vous décidiez à l'affronter, ce n'est donc pas lui qui cherche à vous serrer la main pour vous souhaiter la bienvenue dans sa crypte. Non, il s'agit d'un autre esprit, nettement plus amical à votre égard : Oskar !

Votre bras s'auréole d'une lumière spectrale. Vous allez pouvoir vous battre à armes égales !

Allez en 140.

76

Vous courez à toute allure. Le chafer profite de votre fuite pour vous donner un petit coup d'épée en passant, comme ça, l'air de rien. **Vous perdez 1 Point de Vie.**

Le Milimilou et ses joyeux compagnons se lancent à votre poursuite. Mieux vaut que vous partiez avant qu'ils ne dansent sur vos pauvres restes.

Alors que vous atteignez les marches de pierre pour quitter les lieux, la larve orange – qui n'avait pas fait grand-chose jusque-là – ne trouve rien de mieux que de se glisser entre vos jambes. Vous tombez et vous dévalez l'escalier sur le dos. **Vous perdez 1 Point de Vie supplémentaire.**

Si vous êtes toujours en un seul morceau, c'est que vous avez de la chance. Le Milimilou et sa bande ont gagné… mais vous n'êtes pas du genre à abandonner facilement. Vous remontez l'escalier, bien décidé à prendre votre revanche.

La bête féroce hurle pour rameuter sa petite troupe. Le sanglier a réussi à se libérer, et il vous regarde méchamment.

Commencez le combat ***en 175***.

77

Vous manœuvrez pour vous placer dos à la cage, mais vous changez d'avis au dernier moment, et vous continuez à courir, les trois créatures derrière vous. Vous sentez que si vous vous arrêtez, vous allez passer un mauvais quart d'heure.

Vous tournez donc autour de la cage avec trois monstres enragés aux fesses. Cela pourrait presque être comique si la situation n'était pas dramatique.

Resté à distance, le Milimilou pousse un hurlement. Puis il bondit dans votre direction.

Vous vous éloignez précipitamment de la cage. **Allez en 239.**

Vous arrêtez de courir pour lui faire face. **Allez en 12.**

78

Pipelette vous remercie et vous offre une autre tournée de crêpes, mais vous préférez commencer vos recherches dès que possible.

Vous entrez dans le tofulailler. Après une rapide inspection, vous ne trouvez pas de traces de violence, ni de piste laissée par un éventuel prédateur.

Pipelette vous rejoint et vous donne un petit sifflet taillé dans un roseau. D'après elle, le son de l'instrument permettrait d'attirer Jonquille, la poussant à se manifester au cas où elle se cacherait.

La vieille femme vous conseille d'emporter une cage à tofu avec vous, pour pouvoir ramener Jonquille si vous la retrouvez. Vous choisissez une cage de petite taille, et vous la mettez dans votre sac. **La cage à tofu occupe une case de votre inventaire, vous devez donc disposer d'un emplacement libre.**

Vous parcourez les environs de la maison en utilisant le sifflet, mais aucun signe de la tofoune. Vous allez devoir étendre le périmètre de vos recherches.

Vous décidez de partir au sud, vers la forêt. ***Allez en 42.***

Vous préférez repartir vers les champs situés à l'est. ***Allez en 234.***

79

Après avoir croisé un bûcheron en plein travail, vous quittez la forêt.

Vous arrivez au bord des canaux d'Incarnam. Quelques pêcheurs tentent d'attraper des goujons, ou des poissons-chatons pour les plus chanceux. Des pioussins les surveillent du coin de l'œil, attendant une occasion de prendre un ver sans se faire remarquer. Des crabes aux yeux globuleux et à la carapace vert émeraude se promènent sur les pontons de bois, suivant le tracé anguleux des canaux avec leur démarche si particulière.

Alors que vous patrouillez au bord de l'eau, vous êtes interpellé par un vendeur ambulant qui se présente sous un nom imprononçable. Il commence à vous faire l'article et vante les mérites de ses panoplies d'occasion, de ses armes éthérées à la solidité légendaire et de ses peaux inutiles de Milimilou.

Constatant votre scepticisme, le revendeur à la sauvette vous propose un article exclusif : un attrape-Dofus ! Il fouille dans son sac de marchandises, puis brandit devant vous un morceau de bois noueux assorti de grelots. Selon ses dires, cet objet serait indispensable pour trouver des œufs de dragon. Il a une valeur inestimable, mais le marchand est prêt à vous le vendre pour la modique somme de 3 kamas. Une affaire à ne pas laisser passer !

Si vous décidez d'acheter l'attrape-Dofus, retirez 3 kamas de votre bourse. L'objet occupe une case de votre inventaire, vous devez donc disposer d'un emplacement libre.

Il commence à se faire tard, et vous avez une patrouille à terminer. Vous saluez le colporteur, puis vous vous remettez en route.

Si vous voulez partir en direction de l'est, ***allez en 115****.*

Si vous préférez faire un détour vers le sud-est, ***allez en 149****.*

80

Vous vous relevez avec difficulté. Vous n'avez jamais été aussi fier d'être vivant.

Vous faites un grand sourire à Laura, et vous lui indiquez l'endroit d'où vous avez plongé dans le vide. La place est libre !

La Iop hausse les épaules et s'avance d'un air bravache.

Une fois arrivée au bord, elle marque un temps d'hésitation. Peut-être se repasse-t-elle dans sa tête tous les bons moments qu'elle a vécus ? À moins qu'elle ne se rappelle subitement qu'elle a oublié de fermer les volets de la chapelle de Iop en partant ce matin ? Quoi qu'il en soit, après quelques secondes, Laura fait volte-face.

« Tu as gagné ! Je ne pensais pas que tu oserais sauter… Tu es plus brave que moi. »

L'adepte de Iop vous tend la couronne. Vous faites tourner l'objet entre vos doigts. Vous parvenez à retirer l'écaille sans endommager le cercle d'or sur lequel elle est fixée. Vous rendez ensuite la couronne à Laura. Qu'elle la garde en souvenir, vous n'avez besoin que de l'Écaille du courage.

Notez sur votre feuille de route que vous possédez l'Écaille du courage.

Laura vous donne une potion de mini-soins afin d'apaiser la douleur causée par votre atterrissage forcé. Vous pouvez l'utiliser immédiatement : dans ce cas, **vous récupérez 1 Point de Vie.** Vous pouvez également la mettre dans votre sac. **L'objet occupe une case de votre inventaire, vous devez donc disposer d'un emplacement libre, à moins que vous ne possédiez d'autres potions identiques, auquel cas elles se rangent toutes dans la même case.**

Vous saluez la disciple du seigneur des braves, puis vous prenez la direction de l'est.

Pour vous mettre en quête de l'Écaille de l'endurance, ***allez en 93****.*

Vous préférez partir à la recherche de l'Écaille de la férocité ? ***Allez en 227.***

Si vous avez réuni les trois Écailles de Prysmaradoth, ***allez en 134****.*

81

Agitant ses courtes ailes à l'entrée de son nid, la pondeuse de Pipelette n'a pas l'air heureuse du traitement que vous avez fait subir au gros tofu. Elle exprime son ressentiment en piaillant et caquetant, regardant successivement l'œuf qu'elle couvait, puis le tofu, puis l'œuf à nouveau... Vous comprenez alors que vous venez de mettre une rouste à son cher et tendre, au père de son futur enfant. Oups. Mais vous ne l'avez pas fait exprès, n'est-ce pas ?

Vous devez maintenant décider de ce que vous allez faire.

Vous sortez la cage de votre sac, puis vous enfermez Jonquille et son œuf à l'intérieur pour les ramener au tofulailler. ***Allez en 46.***

Si vous n'avez plus la cage, ou si vous ne voulez pas briser un si joli couple de tofus, vous repartez sans Jonquille. Il ne vous reste plus qu'à retourner voir Pipelette, ***allez en 138****.*

82

Malgré les protestations du Sram, vous retournez explorer la grotte qui s'ouvre sous le pic rocheux.

« Qu'est-ce que tu fais ? Je ne sais pas où est le Phénix, mais je suis sûr qu'il n'est pas là-dedans ! Reviens, tu vas t'attirer des ennuis ! Si tu meurs, qui me montrera le chemin ? Allez, quoi, sois raisonnable ! »

Vous avancez prudemment dans la galerie de droite, prêt à affronter l'arakne. Pas de signe du monstre. Vous n'allez pas vous en plaindre.

Dans la faible lumière des lichens, vous distinguez la forme d'un sac sur le sol. Tout autour, des ossements indiquent que son propriétaire n'est plus de ce monde.

À l'intérieur du sac, vous trouvez une potion de mini-soins qui n'a pas eu le temps de servir, ainsi qu'une petite bourse élimée contenant quelques piécettes.

Vous gagnez 4 kamas.

Vous pouvez utiliser la potion immédiatement : dans ce cas, **vous récupérez 1 Point de Vie**. Vous pouvez également la mettre dans votre sac. **L'objet occupe une case de votre inventaire, vous devez donc disposer d'un emplacement libre, à moins que vous ne possédiez d'autres potions identiques, auquel cas elles se rangent toutes dans la même case.**

« Eh, c'était quoi ce bruit ? Je t'en supplie, tirons-nous d'ici avant que la vilaine bête ne remontre le bout de ses pattes ! Allez, on se carapate ! »

Devant l'insistance du Sram, et peut-être aussi parce que vous ne voulez pas vous attarder, vous remontez à l'air libre.

*Vous partez pour le rocher du Phénix, **allez en 100**.*

83

Deux questions se posent : possédez-vous une statuette dans votre inventaire, et êtes-vous un adepte de Xélor ? Ne mentez pas.

*Si la réponse aux deux questions est « Oui ! », **allez en 119**.*

Si vous avez la statuette dans votre sac, mais que vous n'êtes pas un Xélor, ***allez en 35****.*
Si vous n'avez pas de statuette, il ne vous reste plus qu'à sortir du temple pour en trouver une. ***Allez en 178.***

84

Vous vous avancez et vous retirez l'étoffe. Vous découvrez un globe de taille imposante qui repose sur trois pieds en bronze ornés de créatures fabuleuses. Sa surface n'est pas lisse : elle est recouverte de petites plaques luisantes ressemblant à des écailles.

Vous comprenez que vous êtes devant l'Orbalantyr.

Pendant un court instant, vous songez à tourner les talons et à remonter. Quel droit avez-vous d'être ici ? À peine avez-vous formulé cette pensée que l'air devient glacial autour de vous. La porte de la pièce se referme, et vous entendez la clé tourner dans la serrure. Vous êtes enfermé. Certes, vous pouvez toujours boire une potion de Grobid pour quitter cet endroit… mais tout au fond de vous, une petite voix vous incite à rester.

Il ne sert plus à rien de reculer.

Vous examinez l'Orbalantyr. Comment fonctionne-t-il ?

Une statuette représentant une Likrone se cabre sur l'un des pieds de métal qui supportent le globe. La corne, sur le front de l'animal, est acérée comme une aiguille. Il y a du sang séché sur la pointe.

Sur le haut du piédestal, vous remarquez une sorte de creuset. Au fond, vous distinguez des fragments de métal fondu ressemblant à de l'or.

L'utilisation de l'Orbalantyr a sans doute un prix. Mais lequel choisirez-vous de payer ?

L'or que vous possédez se trouve dans votre bourse.

Si vous avez au moins 3 kamas et que vous êtes disposé à vous en séparer, ***allez en 224****.*

Vous n'êtes pas assez riche, vous êtes trop avare, ou vous préférez donner votre sang pour une bonne cause ? ***Allez en 238.***

Enfin, si vous êtes un Sacrieur, ***allez en 61****.*

85

Vous soufflez à plusieurs reprises dans le petit instrument en roseau, en vous dissimulant dans un buisson pour ne pas être trop visible.

Deux minutes passent. Vous croyez entendre un léger craquement de branche.

Soudain, vous ressentez une vive douleur dans le bas du dos, comme si un moskito vous avait piqué les fesses. **Vous perdez 2 Points de Vie.**

Vous baissez les yeux et vous constatez avec effarement qu'une courte flèche est plantée dans votre postérieur !

Quelques secondes plus tard, un chasseur Crâ fait irruption près de vous, un arc court à la main. Vous vous redressez et vous le traitez de tous les noms. S'ensuit un débat houleux sur ce qui définit un bon ou un mauvais chasseur. Les arguments de l'archer sont aussi simples que sa technique pour ne pas revenir bredouille : il entend quelque chose, il tire. D'après lui, une méthode infaillible.

Heureusement pour vous, la blessure n'est pas profonde, mais votre dignité en a pris un coup. Néanmoins, vous êtes un Kerubim, votre rôle est de protéger et servir les habitants d'Incarnam, y compris les imbéciles. Vous résistez donc à l'envie d'en venir aux mains pour venger votre honneur bafoué par un projectile mal placé.

Après avoir retiré la flèche qui décorait votre arrière-train, vous décidez de poursuivre vos recherches dans un endroit moins dangereux.

Vous partez vers le nord-est pour aller explorer les champs. ***Allez en 234.***

86

C'est la première fois que vous vous trouvez en chair et en os devant elle, mais vous reconnaissez sans peine le visage ridé et les yeux pénétrants de la magicienne Mériana.

« Eh bien, Oskar, arrête de me regarder comme ça, on croirait que tu as vu un fantôme. »

Le Sram se gratte le crâne d'un air circonspect.

« Je n'y comprends plus rien ! Qu'est-ce que vous

faites ici ? Vous étiez avec le Dark Vlad tout ce temps ? C'était une ruse, un tour de magie ? Pourquoi vous en avez pas profité pour carotter le Dofus discrètement ? »

La vieille Enutrof salue Goultard avec déférence. Elle semble plutôt s'amuser de la situation.

« Oskar, mon bon Sram… les voies du destin sont bien plus complexes que tu ne le penses. Le plus court chemin est rarement la ligne droite. Il faut souvent faire bien des détours pour avancer. »

Soudain, vous entendez un battements d'ailes au-dessus de vous.

Allez en 233.

87

Vous vous approchez de la montgolfière. Son enveloppe rouge et blanche ornée de cornes purement décoratives est gonflée d'air chaud. Une flamme magique s'agite dans un brûleur de cuivre. Une lanterne de vol est accrochée aux épais cordages qui soutiennent le grand panier d'osier dans lequel prennent place les passagers.

Soudain, une tête encapuchonnée surgit de l'intérieur de la nacelle comme un diablotin de sa boîte.

« Ça manque de confort là-dedans ! Heureusement que je me satisfais de peu depuis mon trépas ! »

De surprise, Strig perd l'équilibre et bat des ailes pour ne pas tomber. Elle pousse un hululement de contrariété.

« Oh, désolé, l'oiseau, je voulais pas t'effrayer ! Salut la compagnie ! Tout le monde est prêt pour l'embarquement ? »

Oskar le Sram spectral est de retour. Il vous sourit de toutes ses dents, comme à son habitude. Vous êtes plutôt content de le voir. Si vous le pouviez, vous vous laisseriez même aller à une bourrade amicale, mais vous ne feriez que brasser du vent. La condition de revenant ne favorise pas les effusions.

« Alors, Kerubim, comment ça va ? Je t'ai suivi pendant tout ton périple, j'avoue que tu m'as fait peur quelquefois ! J'ai dû intervenir à plusieurs reprises, mais tu t'en es bien sorti, finalement. De la vraie graine de héros ! Et Mériana a foi en toi, ce qui est plutôt bon signe. Allez, monte, on va larguer les amarres ! Direction la Queue du Dragon, pour botter les fesses du Dark Vlad et récupérer le Dofus Émeraude ! On a toute la nuit devant nous, mais ce n'est pas une raison pour traîner. »

Vous grimpez dans la nacelle. ***Allez en 191.***

88

Vous devez trouver un abri. Mais l'obscurité conjuguée à la pluie battante vous empêche de distinguer quoi que ce soit à plus d'une dizaine de pas.

Qu'importe, vous êtes un Crâ, un disciple de la Grande Chasseresse à la vue perçante. Vous êtes capable de voir ce que les autres ne peuvent voir.

Vous fermez les yeux, puis vous les ouvrez à nouveau après avoir adressé une prière à la déesse. Soudain, un éclair illumine le ciel. Vous apercevez clairement une ouverture à la base d'un grand pic de pierre situé devant vous.

Le pic se dresse sur un îlot isolé, relié au plateau d'Incarnam par un pont suspendu.

Poser le pied sur ce pont ne vous dit rien qui vaille.

Avec les vents violents, vous risquez de basculer dans le vide à tout moment.

Vous vous approchez du gouffre qui vous sépare de la caverne, puis vous scrutez très attentivement les environs.

Vous finissez par remarquer une corniche en contrebas, qui vous permettrait d'atteindre une série de blocs de pierre créant un escalier naturel sur le côté de l'îlot.

Vous remerciez Crâ pour avoir exaucé votre prière. Vous vous laissez tomber sur la corniche, puis vous progressez prudemment pour finalement arriver au pied du pic rocheux. Vous vous faufilez avec agilité dans l'ouverture.

Allez en 24.

89

Arrivé en haut des marches, vous comprenez d'où venaient les bruits que vous avez entendus. Deux solides gaillards parés de l'uniforme des Kerubims s'entraînent en tapant sur des épouvantails. Vous voyant hésiter, l'un d'eux vous salue et désigne un mannequin disponible de la pointe de sa hallebarde.

Si vous voulez vous dépenser un peu et montrer que vous savez faire usage de la force, ***allez en 193****.*

Si vous n'avez pas parlé au capitaine présent dans la salle en bas, vous pouvez redescendre et ***aller en 143****.*

90

« Je vais faire appel à ta mémoire et à tes compétences en calcul. Ma question est simple : quel est l'âge du capitaine des Kerubims ?

Avant que tu ne protestes sous prétexte qu'il est impossible pour toi de connaître cette information, laisse-moi te dire que j'aurais pu te poser un problème beaucoup plus difficile, comme te demander quelle est ta couleur préférée. Bien des héros sont morts pour n'avoir pas trouvé la bonne réponse à cette question existentielle.

Je vais te donner un indice : la solution est une équation. Si tu ajoutes l'âge du capitaine au nombre de gobelins qui sont à mon service, et que tu retranches à cette valeur le nombre de magiciens miniatures et le nombre de Dofus primordiaux, tu dois obtenir un résultat égal au nombre total des dieux qui règnent sur le monde multiplié par le nombre de dragons élémentaires que tu as vus voler dans le ciel. Tu avoueras que c'est très simple. Et je préfère te le dire à l'avance : la bonne réponse n'est pas 42. »

Devant la complexité du problème, vous optez pour une épreuve plus physique ? ***Allez en 23.***

Si vous relevez le défi, ***marquez cette page, puis rendez-vous au paragraphe dont le numéro correspond à votre réponse. Si le texte lu ne vous indique pas clairement que vous avez trouvé l'âge du capitaine, c'est que vous avez fait une erreur. Revenez au présent paragraphe en vous servant du marque-page. Chaque erreur déclenche un violent mal de crâne qui vous fait perdre 1 Point de Vie.***

91

Aiguillonné par le Dark Vlad, vous vous sentez gagné par la fièvre du combat. Vous avez affaire à un adversaire redoutable, mais vous arrivez à lui tenir tête. La pression sur votre poitrine vous handicape grandement. Vous serrez les dents.

Tandis que vous bataillez ferme, vous apercevez Oskar qui tente de se glisser dans le dos du Dark Vlad. Que prépare-t-il ?

Quel qu'ait été son plan, le Sram ne pourra le mettre à exécution. La sorcière esquisse un geste : le fantôme se fige brusquement, comme hypnotisé.

Vous songez à porter secours à Oskar en attaquant la magicienne, mais le Dark Vlad ne vous en laisse pas l'occasion. Le Iop maléfique fait tournoyer sa lame de feu.

« Ton destin est de périr ici ! »

Une gerbe de flammes vous enveloppe. Vous ressentez une douleur cuisante. **Vous perdez 2 Points de Vie.**

Vous n'êtes pas mort carbonisé ? Impressionnant… Mais combien de temps espérez-vous encore tenir ?

Vous vous enfuyez vers l'escalier de pierre. ***Allez en 139.***

Vous reculez lentement. ***Allez en 29.***

92

Vous vous laissez tomber au sol, puis vous restez immobile.

L'arakne s'approche de vous et vous donne de petits coups de pattes. Vous ne bougez toujours pas, convaincant dans votre rôle de trépassé. Vous avez du talent, vous auriez pu être comédien dans une troupe de théâtre.

Néanmoins, quand l'horrible créature commence à déverser sur vous des flots de bave brûlante, vous estimez qu'il est temps de mettre fin à la représentation.

Vous perdez 2 Points de Vie.

Vous vous relevez brusquement en hurlant, à la fois de douleur et de rage. Surprise, l'arakne bondit en arrière avant de disparaître dans les ténèbres.

Vous profitez de ce répit pour vous attaquer à la toile qui emprisonne vos chevilles. Après ce qui vous semble une éternité, vous vous relevez, enfin libre de vos mouvements… et vous apercevez deux yeux globuleux fixés sur vous.

L'arakne est revenue, bien décidée à ne pas laisser filer son déjeuner.

Allez en 17.

93

L'Écaille de l'endurance… Les paroles de Mériana ont été assez énigmatiques à son propos.

« L'endurance n'est pas l'immortalité. Ce n'est qu'à la fin de sa vie que le capitaine Kardorim l'a compris, et qu'il a ouvert une porte sur l'éternité. »

Qui est Kardorim ? Vous ne connaissez qu'un capitaine sur Incarnam. Peut-être pourra-t-il vous en dire plus sur celui que vous cherchez.

Vous essayez de trouver le capitaine des Kerubims.
Allez en 199.

94

« Remettre mon titre en jeu ? Qu'est-ce qui te fait croire que cette couronne t'irait mieux qu'à moi ? Je te trouve bien présomptueux. »

Laura vous toise du regard.

« Hum… je sais reconnaître une âme courageuse quand j'en vois une. Tu ne paies pas de mine avec ton air de ploukosse déguisé en Kerubim. Mais tu caches peut-être ton jeu… Eh bien, soit. Si tu n'es qu'un poltron, je n'ai rien à perdre. Et si ta vaillance éclipse la mienne, il est juste qu'elle soit récompensée. Il reste à trouver quelle épreuve va nous départager… »

Pour découvrir ce qui vous attend, rassemblez votre courage et ***allez en 241****.*

95

Vous pouvez utiliser votre pouvoir magique à la fin de chaque paragraphe, et ce pendant toute la durée du combat.

Si vous possédez une épée Tulante et que vous choisissez de vous en servir pour disputer ce combat, feuilletez rapidement les pages de ce livre, puis arrêtez-vous au hasard. Regardez le dernier chiffre du numéro de la page de droite. Si ce chiffre est 5, 7 ou 9, vous récupérez 1 Point de Vie.

Oskar vous encourage tout en restant à bonne distance.

« Ne te laisse pas impressionner, c'est juste un gros tas de cailloux ! »

Comme l'a si bien remarqué le Sram, votre adversaire n'est pas une créature de chair et de sang. Quel sera votre angle d'attaque ?

Vous ramassez un galet, et vous visez la tête du colosse, tel Divad contre Galioth. **Allez en 4.**

Vous foncez dans le tas de cailloux. **Allez en 33.**

96

Tandis que vous progressez dans la plaine d'un pas rapide, vous vous apercevez que le ciel a changé de couleur. Il est désormais d'un gris métallique. Le vent souffle nettement plus fort, et les nuages se rassemblent en gonflant de façon menaçante. Vous croyez entendre un bruit de tonnerre dans le lointain.

Vous passez devant les grands escaliers de pierre du donjon d'Incarnam, repaire d'un monstre particulièrement féroce, mais vous décidez de ne pas vous arrêter. Vous poursuivez votre chemin.

Allez en 192.

97

Vous pénétrez dans la forêt d'Incarnam. Vous progressez sans peine, car les bois sont clairsemés. Les frênes aux troncs bien droits côtoient les arbres aux formes noueuses et les pics rocheux. Les habitants d'Incarnam prétendent que ces pics sont les épines qui se dressent sur l'échine d'un immense dragon de pierre. Cela ressemble plutôt à une légende locale, mais qui sait, peut-être y a-t-il une part de vérité.

Les animaux de la forêt vous regardent passer sans se préoccuper de vous. Vous croisez des larves colorées, des moskitos peureux, des champignons baladeurs aux chapeaux rouges et blancs. Quelques sangliers grognent à votre approche, et vous prenez soin de ne pas les déranger.

Vous arrivez dans une clairière au milieu de laquelle trône un vieux puits. Vous en profitez pour boire un peu d'eau fraîche.

Tandis que vous vous désaltérez, vous remarquez quelques pièces de monnaie incrustées dans la pierre de la margelle. Apparemment, il s'agit d'un puits à souhaits.

Si vous avez encore un peu d'argent, vous décidez de respecter la tradition et de jeter 1 kama dans le puits. ***Allez en 18.***

L'argent n'est pas fait pour être dilapidé, et encore moins pour finir au fond de l'eau. Vous continuez votre patrouille en direction de l'est. ***Allez en 79.***

98

Une arakne est comme un ventre affamé, elle n'a pas d'oreilles. Elle est néanmoins capable de percevoir les vibrations grâce à son système pileux très développé. Votre cri résonne dans le couloir, ce qui semble désorienter votre adversaire. L'arakne recule, puis semble se ramasser sur elle-même.

Vous hurlez à nouveau en vous rapprochant d'elle. ***Allez en 65.***

Vous restez prudemment à distance. ***Allez en 166.***

Vous foncez sur elle comme un boulet de canon. ***Allez en 155.***

99

Désireux de pactiser avec le quadramentaire, vous sortez le miroir de votre sac et vous le déposez sur le sol, puis vous faites quelques pas en arrière. On n'est jamais trop prudent…

La créature s'avance pesamment. Elle ramasse la pierre polie. Est-elle satisfaite par votre cadeau, ou se sent-elle insultée ? Il est difficile de déchiffrer une quelconque émotion sur son visage grossier.

Le quadramentaire plonge le miroir à l'intérieur de son corps minéral, puis il dépose un morceau de roche sur les galets avant de reculer. On dirait qu'il veut vous offrir quelque chose en retour.

Vous examinez le bloc de pierre. Un éclat d'un bleu profond est incrusté à l'intérieur. À y regarder de plus près, il ne s'agit pas d'une gemme, mais d'une écaille…

Vous n'en croyez pas vos yeux. Vous contemplez l'Écaille disparue de Prysmaradoth !

Apparemment satisfait de l'échange, le quadramentaire s'avance vers le lac et s'enfonce dans les eaux sombres.

Vous retirez l'écaille de la roche, puis vous la placez dans le dernier logement vide du triangle d'obsidienne. Le pendentif se met à briller d'une lueur intense.

Notez sur votre feuille de route que vous possédez la quatrième Écaille de Prysmaradoth.

Un sentiment de plénitude vous envahit. Vous vous sentez plus calme, plus réfléchi. Oskar, en revanche, est toujours aussi survolté.

« Ça y est, tu as fini ? Je te rappelle qu'on a une mission capitale à remplir ! Viens donc par ici ! »

Vous vous dirigez vers le portail. Si le Sram vous a déjà parlé de la statuette, ***allez en 83****. Dans le cas contraire,* ***allez en 190****.*

Si vous préférez aller examiner les grands cristaux près de l'autel, ***allez en 50****.*

100

Sans le vent, la pluie et les éclairs pour vous perturber, et avec l'aide de votre carte, vous parvenez à retrouver votre chemin. Vous prenez la direction du sud. L'âme du vieux Sram vous suit de près.

« Je me rends compte que je ne me suis pas présenté. Je m'appelle Oskar. Oskar Khas. On me connaît aussi sous d'autres noms : la phalange de la mort, le monte-en-bas, le squelette pickpocket, l'os de la cambriole... J'ai ma petite réputation dans le Monde des Douze. »

Tandis que vous avancez sous la lumière des étoiles, vous lui faites remarquer que sa réputation risque d'en prendre un coup avec sa mort malencontreuse.

« Bah, ce sont les aléas du métier. Ce n'est pas la première fois que cela m'arrive, même si cette fois-ci, ça a été plutôt brutal. Snif, je peux encore sentir l'odeur de brûlé sur mon suaire. À l'heure qu'il est, mon corps ne doit plus être qu'un petit tas de cendres. C'est dommage, j'y étais très attaché. »

Vous demandez à Oskar ce qui l'a amené sur Incarnam.

« Une quête de la plus haute importance. Mais je ne peux pas t'en dire plus, j'ai juré de garder le secret. Une fois que je serai remis d'aplomb, je reprendrai ma mission. Et cette fois-ci, je réussirai, tu peux me croire ! Ce Iop pyromane ne perd rien pour attendre… »

S'apercevant qu'il en a un peu trop dit, Oskar se tait durant le reste du voyage, ce qui vous repose les tympans.

Vous arrivez finalement devant le pont suspendu menant au rocher du Phénix.

Allez en 232.

101

Si vous vous attendiez à un paisible voyage en ballon, c'est raté. Vous tentez de jouer avec les courants aériens pour maintenir votre cap, tout en évitant de finir écrasé contre la paroi rocheuse comme un moskito sous la paume d'un craqueleur. Ce n'est pas chose facile.

Oskar vous aide à sa manière, hurlant des « À gauche ! Non, l'autre gauche, nom d'un fémur ! », des « Remonte ! Remoooonte… redescends ! Redescends !!! » et des « On va tous mourir ! Enfin, toi surtout ! ». Vous faites de votre mieux pour ne pas craquer.

Strig observe votre agitation de ses grands yeux dorés. Elle ne semble pas s'inquiéter de la situation.

Malgré vos efforts, vous êtes dangereusement proche de la falaise. Vous pouvez presque voir les touffes de mousse des anfractuosités.

La chouette se met à sautiller en battant des ailes sur le rebord du panier. Elle semble vous désigner un sac gonflé accroché au rebord. De prime abord, vous pensiez qu'il s'agissait d'un sac de lest, mais vous vous trompiez, c'est une outre de vent.

Vous détachez la poche d'air, puis vous l'ouvrez en vous plaçant face à la paroi rocheuse.

Si l'outre n'avait contenu que du vent ordinaire, le seul résultat aurait été un bruit rappelant les flatulences d'un Trool amateur de potée au chou. Mais le souffle tempétueux qui s'échappe est celui d'un vent violent qui n'a pas apprécié d'être enfermé. Vous êtes propulsé en arrière, heurtant avec force le côté de la nacelle. Vous vous cognez le crâne contre une lanterne de vol. La mauvaise nouvelle, c'est que **vous perdez 1 Point de Vie.** La bonne nouvelle, c'est que le ballon s'est éloigné de la falaise !

Oskar vous félicite pour votre esprit d'initiative. Puis il désigne un point en dessous de vous.

« Là, c'est là que nous devons atterrir ! Cap à l'ouest, en avant toute ! »

Vous exécutez la manœuvre. Un courant descendant vous rapproche à nouveau de la paroi rocheuse. Vous distinguez un promontoire éclairé par des fanaux.

Allez en 156.

102

Même si vous n'êtes pas réellement dans la maison de Mériana, la magicienne a jeté un sort qui confère à vos armes la même efficacité que si vous étiez physiquement présent. Il en est de même pour vos deux adversaires.

Vous pouvez utiliser votre pouvoir magique à la fin de chaque paragraphe, et ce pendant toute la durée du combat.

Si vous possédez une épée Tulante et que vous choisissez de vous en servir pour disputer ce combat, feuilletez rapidement les pages de ce livre, puis arrêtez-vous au hasard. Regardez le dernier chiffre du numéro de la page de droite. Si ce chiffre est 5, 7 ou 9, vous récupérez 1 Point de Vie.

L'un des gobelins est armé d'un javelot, l'autre d'un gourdin plus grand que lui. Laquelle de ces deux terreurs va avoir votre préférence ?

Vous vous occupez du gobelin au gourdin. ***Allez en 111.***

Vous concentrez votre attention sur le gobelin au javelot. ***Allez en 171.***

103

Le spectre ne semble pas apprécier votre envie soudaine de prendre vos distances. Alors que vous fuyez, il vous maudit de sa voix silencieuse.

Une vague de terreur vous submerge. Vos muscles sont tétanisés. Vos dents claquent. Vos yeux se révulsent. Une douleur glacée vous étreint le cœur. **Vous perdez 3 Points de Vie.**

Peut-être cette peur mortelle vous a-t-elle achevé. Mais si la chaleur de la vie n'a pas encore quitté votre corps, une flamme de colère grandit tout au fond de vous. Hors de question que vous finissiez en tas de gelée grelottante ! La rage monte. Vous faites un pas, puis un autre. Vous parvenez finalement à atteindre l'entrée de la crypte.

Le revenant ne s'est pas lancé à votre poursuite. Il se tient toujours près de la sépulture. Il vous attend.

Au-dehors, vous entendez les ricanements des chafers. Si vous sortez, vous risquez de tomber de Charybde en Scylla.

Vous n'avez pas le choix. Vous devez vaincre le fantôme de Kardorim pour vous emparer de l'écaille incrustée dans le bouclier !

*Rassemblez votre courage. Pour affronter de nouveau le fantôme, **allez en 140**.*

104

Vous arrivez de l'autre côté du pont sain et sauf. Il n'y avait pas de quoi s'inquiéter ! Vous poursuivez votre chemin. Tout semble tranquille. Votre patrouille s'annonce comme une promenade champêtre ; pour l'instant, vous ne vous en plaignez pas.

Vous passez devant un pavillon de chasse. Un peu plus loin, vous découvrez une maison pas si petite dans la prairie. Des vêtements suspendus à une corde à linge se balancent au gré du vent. C'est sans doute un jour de lessive. Une vieille femme apparaît sur le pas de la porte pour vous accueillir. Avec un grand sourire, elle vous propose de goûter aux crêpes qu'elle vient de préparer.

Vous acceptez. ***Allez en 170.***

Vous déclinez poliment et vous continuez votre patrouille en descendant vers le sud. ***Allez en 97.***

105

Les trois figurines se ressemblent beaucoup : taillées dans du cristal de roche, elles représentent un petit magicien coiffé d'un chapeau surmonté d'une étoile. L'attitude est toutefois différente pour chaque personnage : l'un se couvre les yeux, l'autre la bouche, et le dernier les oreilles.

Vous vous apercevez que vous pouvez orienter chaque figurine de façon à ce qu'elle soit face au globe : quand elle est dans cette position, elle s'illumine, et l'Orbalantyr réagit.

L'ordre dans lequel vous manipulez les personnages semble avoir son importance.

Quel magicien miniature décidez-vous de tourner en premier ?

Celui qui se couvre les yeux. **Allez en 15.**

Celui qui se couvre la bouche. **Allez en 203.**

Celui qui se couvre les oreilles. **Allez en 48.**

105 *L'Orbalantyr.*

106

Pour vos oreilles non exercées, le son du sifflet ressemble au gazouillis des volatiles. Vous soufflez plusieurs fois, histoire d'être sûr que l'on vous entende.

Autour de vous, les pioussins cessent leur babillage. Un silence pesant s'installe.

Vous ne parlez pas couramment le langage des pious ni celui des tofus, mais vous comprenez très vite que vous avez dû commettre un impair. Un pioussin sautille vers vous et se met à vous picorer le pied gauche. C'est le signal de la curée. Aussitôt, vous vous retrouvez au milieu d'une nuée de volatiles en colère.

Vous prenez la fuite en essayant de protéger votre visage des coups de bec. **Vous perdez 1 Point de Vie.**

Heureusement pour vous, les pioussins se lassent rapidement, et ils finissent par vous laisser tranquille. Un peu honteux, vous vous adossez à un ballot de paille pour reprendre votre souffle et vos esprits, espérant que seuls les épouvantails aient été témoins de votre déroute.

Tandis que vous jetez un œil aux alentours, vous croyez entendre un caquètement à côté de vous.

Allez en 39.

107

Vous avez mal au crâne. Votre souffle devient court, tandis qu'une sensation de nausée vous envahit. Vous êtes en sueur. Vous titubez.

Vous vous écroulez contre la paroi. Vous avez bien mérité une petite pause, après tout.

Les touffes de lichen deviennent des taches de lumière qui dansent devant vos yeux.

Vous sombrez dans l'inconscience.

Allez en 235.

108

Vous retirez 3 kamas de votre bourse.

Nybi empoche l'argent avec un air satisfait.

« Je passe devant, tu vas couvrir mes arrières. Prends ça, tu risques d'en avoir besoin. »

Le milicien vous donne une potion de mini-soins.

Vous pouvez l'utiliser tout de suite : dans ce cas, **vous récupérez 1 Point de Vie**. Vous pouvez également la mettre dans votre sac. **L'objet occupe une case de votre inventaire, vous devez donc disposer d'un emplacement libre, à moins que vous ne possédiez d'autres potions identiques, auquel cas elles se rangent toutes dans la même case.**

« On va courir vers l'est jusqu'au pont des os courts. Suis-moi ! »

Nybi s'élance, sa hallebarde à la main. Il bouge plutôt rapidement malgré sa lourde cuirasse.

Au fur et à mesure que vous progressez, des chafers sortent de terre et vous prennent en chasse. Des vivants à massacrer, ça ne se refuse pas !

Vous parvenez à rejoindre le pont. Deux squelettes vous barrent le passage.

« Je me charge de ceux-là. Occupe-toi de ceux qui sont derrière nous ! »

Vous vous préparez à l'inévitable combat. ***Allez en 124.***

109

Vous examinez les symboles ésotériques, mais ils n'évoquent rien pour vous. Vous n'êtes même pas certain qu'ils signifient réellement quelque chose, peut-être sont-ils simplement décoratifs, un peu comme le tatouage sur votre fesse gauche.

Vous remarquez quatre petites niches creusées dans le mur. Trois d'entre elles sont vides. À l'intérieur de la quatrième, vous trouvez un miroir en pierre polie. Est-il magique, va-t-il vous dire que vous êtes la plus belle, même si vous avez du poil au menton ? Reflète-t-il les mauvaises pensées, ou bien ne s'agit-il que d'un objet tout à fait ordinaire ? Vous n'en savez rien.

Quoi qu'il en soit, et si vous avez une âme de kleptomane, vous pouvez prendre le miroir en pierre polie pour le mettre dans votre sac. **L'objet occupe une case de votre inventaire, vous devez donc disposer d'un emplacement libre.**

Il vous reste maintenant à jeter un coup d'œil sur l'objet qui se trouve au centre de la pièce.

Vous avancez vers le piédestal pour soulever le voile. ***Allez en 84.***

110

Passé l'effet de surprise, l'élémentaire ne se laisse pas réduire en morceaux si facilement. Sans le pouvoir de l'Écaille de l'Endurance, vous finiriez brûlé, noyé, asphyxié et enterré vivant. Mais votre adversaire parvient tout juste à vous faire **perdre 2 Points de Vie**.

Ce n'est pas suffisant pour vous vaincre ?

Eh bien, dans ce cas… le corps disloqué du colosse s'écroule à vos pieds. Vous avez gagné !

Allez en 185.

111

Arlo – à moins que ce ne soit Lired, vous avez du mal à les reconnaître – semble avoir l'intention d'abattre son gourdin sur votre crâne. Vous vous rapprochez de lui, prêt à parer le coup. Mais le gobelin est plus malin qu'il n'y paraît. Au dernier moment, il change de cible et se concentre sur votre pied qu'il écrase violemment d'un coup de massue. **Vous perdez 1 Point de Vie, à moins que vous ne soyez armé d'un marteau de Boisaille,** auquel cas vos moulinets maintiennent votre adversaire à distance et vous évitent d'être blessé.

Le second gobelin profite de ce que vous êtes occupé avec son petit camarade pour envoyer son javelot. Vous êtes touché au flanc. **Vous perdez 1 Point de Vie supplémentaire.**

Vous retirez la courte lance et vous la laissez tomber au sol. Vous voilà plutôt en mauvaise posture. Il va falloir réagir !

Vous foncez en claudiquant sur le gobelin au gourdin. ***Allez en 60.***

Vous changez de cible et vous attaquez le second gobelin. ***Allez en 127.***

112

Les trois figurines brillent d'une vive lumière. Vous vous sentez comme aspiré par l'Orbalantyr.

Vous vous retrouvez dans une vaste salle aux hauts murs de pierre. Une brume piquetée d'étoiles flotte dans la pièce. Des livres sont entassés un peu partout. Un grand bureau en bois massif fait face à une porte ornée de ferrures. Il est couvert de parchemins et de bocaux contenant des formes colorées.

Vous entendez des chants d'oiseaux, et des craquements qui ressemblent à celui des branches des arbres.

Le brouillard s'épaissit. Vous êtes bientôt incapable de distinguer ce qu'il y a autour de vous.

Vous clignez des paupières. Vous voilà de retour dans la pièce de l'Orbalantyr.

Vous ignorez tout de l'endroit que vous avez visité, mais ce n'était probablement pas la maison de la magicienne.

Vous manipulez les figurines pour leur redonner leur position initiale. Si vous voulez parler à Mériana, vous devez réessayer d'utiliser l'Orbalantyr.

*Quand vous serez prêt, **allez en 105**.*

113

Le tunnel est éclairé par des cristaux lumineux incrustés dans les parois. Il est difficile de dire s'il s'agit d'une galerie naturelle, ou bien d'un souterrain creusé dans la roche à l'aide d'outils, voire de magie. Peut-être est-ce une combinaison des deux.

Outre l'entrée ouest donnant sur l'extérieur, le couloir se sépare en deux chemins distincts : l'un mène au nord-est, l'autre prend la direction du sud-est.

Oskar semble hésiter.

« Dans mon souvenir, c'était tout droit… Je te laisse choisir la voie à suivre, c'est ton destin qui te guide, après tout ! »

Vous prenez le tunnel nord-est. ***Allez en 40.***

Vous optez pour le couloir sud-est. ***Allez en 56.***

Vous sortez du tunnel, et vous remontez l'escalier pour entrer dans l'une des maisons creusées dans la falaise. ***Allez en 208.***

114

Le sanglier gratte nerveusement le sol avec son sabot, comme s'il s'apprêtait à vous charger. Vous lui donnez un bon coup de pied dans le groin. Surpris, votre adversaire couine de douleur. Il voit rouge. Vous avez osé toucher à cette partie molle de son anatomie !

Le sanglier fonce droit devant lui, labourant la terre rocailleuse de ses défenses. Au dernier moment, vous sautez sur le côté. L'animal heurte la cage de plein fouet et se retrouve la tête coincée entre deux barreaux. Vous n'avez plus rien à craindre de ce cochon enragé !

Parant les attaques du chafer et de la larve orange, vous faites le tour de la cage.

À quelques kamètres de vous, vous apercevez une forme d'un vert laiteux parmi les débris de bois et de métal, à côté d'un énorme cadenas brisé.

Soudain, un hurlement vous rappelle la présence d'un autre adversaire, et de taille celui-là. Le Milimilou bondit vers vous tous crocs dehors !

Vous vous jetez à terre pour tenter de l'éviter. ***Allez en 30.***

Vous vous éloignez précipitamment de la cage. ***Allez en 76.***

115

Vous entamez la traversée des plaines sud d'Incarnam.

Les vastes étendues d'herbe ondulent sous les vents qui se sont levés et bousculent les nuages. Le ciel est clair, mais l'air est plus humide qu'à l'ordinaire. Y aurait-il un orage qui se prépare ?

Vous hâtez le pas. Des vieux bouftous aux cornes tordues vous regardent passer. Vous restez à distance, car vous savez qu'ils ont plutôt mauvais caractère.

Vous vous arrêtez brièvement près d'une fontaine pour boire une gorgée d'eau, puis vous continuez votre chemin. Vous arrivez devant un pont menant à la statue d'un grand oiseau de feu.

Vous contemplez le rocher du Phénix, le lieu mystique où les âmes renaissent. Une magie puissante règne en cet endroit.

Soudain, vous avez l'impression que les ailes enflammées de l'idole se mettent à bouger… L'oiseau grandit, ses plumes incandescentes se muent en écailles… Ce n'est pas un phénix, c'est un dragon !

Vous vous frottez les yeux. Le dragon a disparu. Vous n'avez pourtant pas mangé de champignons lors de votre dernier repas… Vous haussez les épaules. Cette vision est sans doute due à la fatigue.

Vous jetez un coup d'œil à la carte que vous a donnée le capitaine des Kerubims. Le cimetière se trouve juste à côté. C'est un endroit réputé dangereux, vous feriez bien d'aller vous assurer qu'il n'y a rien d'anormal.

Allez en 240.

116

Lors de votre arrivée au temple, maître Yakasi, le doyen des aigles célestes, n'avait pas paru surpris. C'était comme s'il s'attendait à votre venue. « Les héros naissent sur Incarnam, mais la plupart d'entre eux n'y restent pas. Sais-tu pourquoi ? »

Devant votre ignorance, Yakasi avait lissé les plumes blanches à l'arrière de son crâne.

« C'est parce qu'ils sont à la poursuite d'un rêve de gloire. Loin par-delà les nuages, de l'autre côté de la voûte étoilée, il existe une terre d'aventures, de merveilles et de mystères. C'est le Monde des Douze, ainsi nommé car il est sous la protection des douze dieux. Mais il n'en a pas toujours été ainsi.

Il y a bien longtemps, les dieux étaient au nombre de dix. Pour garantir l'harmonie sur le monde, l'un d'eux a confectionné des poupées magiques pour séduire les dix dragons les plus anciens. Six dragons sont tombés sous le charme et ont pondu six Dofus, des œufs emplis d'un immense pouvoir. Les quatre autres dragons sont restés insensibles aux manœuvres divines. Peut-être regardaient-ils ailleurs, ou bien estimaient-ils qu'ils avaient passé l'âge de jouer à la poupée, nul ne le sait.

Tu te demandes pourquoi je te raconte tout cela ? Sache que ce miracle, la création des Dofus primordiaux, est le point de départ de bien des évènements. Les six œufs de dragon ont été dispersés. Et ton destin pourrait bien être de les retrouver. »

Pendant cette révélation, le maître était resté stoïque. À peine avait-il cligné des yeux, tandis que les vôtres s'écarquillaient.

« Bien des âmes ont quitté Incarnam pour se lancer à la recherche des Dofus. Mais elles n'étaient pas toujours prêtes. Ne commets pas l'erreur de précipiter les choses, sans quoi tu échoueras. Profite de ton temps parmi nous pour acquérir force et sagesse. Lorsque les astres seront propices, lorsque la voie s'éclaircira, tu le sauras. »

Le discours de maître Yakasi toujours présent à l'esprit, vous prenez la direction de l'est, vers la tour des Kerubims. ***Allez en 215.***

117

Quand vous arrivez au rez-de-chaussée, vous constatez que le capitaine s'est absenté. Vous avancez au centre de la pièce. Il fait très froid, bien que le soleil brille au-dehors.

Soudain, un coup de vent – mais est-ce vraiment le vent ? – soulève brusquement un coin de tapis. Il y a une trappe dans le sol. Vous distinguez un petit escalier de pierre qui descend dans l'obscurité.

Vous prenez un chandelier, et vous descendez prudemment les marches raides. Vous arrivez finalement devant une porte de métal. Vous tentez de l'ouvrir, mais elle est fermée.

Vous vous apprêtez à faire demi-tour, quand soudain, une clé apparaît, flottant à hauteur de votre visage. On dirait bien que celui qui vous guide a tout prévu.

Vous saisissez la clé, puis vous l'insérez dans la serrure. La porte grince sur ses gonds tandis que vous la poussez.

Vous découvrez une pièce sombre, circulaire, aux murs couverts de symboles qui brillent à la lumière des bougies. Un piédestal richement décoré trône au centre de la salle. L'objet posé dessus est recouvert d'un épais voile noir.

Vous avancez vers le piédestal pour soulever le voile. ***Allez en 84.***

Vous préférez fouiller la pièce. ***Allez en 109.***

118

Le Sram avoue son soulagement de ne pas vous voir carbonisé.

« Waouh ! Je ne me suis pas trompé à ton sujet, tu es sacrément efficace !

C'est bientôt la fin du voyage… la pointe de la Queue du Dragon se trouve juste au-delà de cette grotte. Et ce qui t'attend là-bas est bien plus redoutable que cette saleté de poupée pyromane… »

Oskar fait une pause près de ce qui reste de son corps.

« Snif… presque tout mon équipement a brûlé. Même mon Gelano runique a fondu… Quand je reviendrai d'entre les morts, il faudra que je remplace tout ça ! Ah, ma pochette secrète a résisté, elle. Il faut dire que je l'avais fait enchanter par un artisan forgemage. Regarde donc si tu peux récupérer ce qu'il y a à l'intérieur. »

Vous répugnez à fouiller dans les restes d'Oskar, mais puisque c'est lui qui vous le demande… Vous trouvez une fiole de mini-soins et quelques kamas.

Vous gagnez 3 kamas.

Vous pouvez utiliser la potion immédiatement : dans ce cas, **vous récupérez 1 Point de Vie**. Vous pouvez également la mettre dans votre sac. **L'objet occupe une case de votre inventaire, vous devez donc disposer d'un emplacement libre, à moins que vous ne possédiez d'autres potions identiques, auquel cas elles se rangent toutes dans la même case.**

« Bon, tu te sens d'attaque pour affronter le Dark Vlad ? J'espère que tu es en forme ! »

Oskar vous fait signe de passer devant.

Si vous avez besoin de panser vos blessures et qu'il vous reste une potion de Grobid, n'hésitez pas à l'utiliser… Vous êtes gonflé à bloc et prêt à quitter la caverne ? Dans ce cas, ***allez en 7****.*

119

Vous sortez la statuette de dragon de votre sac, puis vous la placez dans la niche creusée dans le bloc de pierre sombre. **Supprimez la statuette de votre inventaire.**

Vous entendez un déclic. Le son vous rappelle celui de certains mécanismes xélors. Comme tout disciple du Grand Chronomaître, vous adorez manipuler des engrenages et démonter des horloges pour remettre les pendules à l'heure. Votre grand plaisir est d'imaginer les rouages cachés qui font tourner le Monde des Douze.

Une lueur rouge apparaît au centre de l'arche. Elle grandit et se transforme en une spirale écarlate.

« Ça a marché ! Sus au Dark Vlad ! »

Oskar disparaît dans la lumière. Il ne vous reste plus qu'à le suivre.

Vous avez l'impression que quelque chose ne va pas. Le voile de lumière est animé de pulsations qui vous semblent chaotiques.

Vous tournez la statuette, essayant plusieurs orientations différentes. Un autre déclic se fait entendre.

Le rayonnement est désormais plus régulier, plus harmonieux.

Vous franchissez la porte magique. Vous avez l'impression de traverser un voile de brume. Vous sentez des picotements à travers vos bandelettes. Ce n'est pas désagréable.

Allez en 162.

120

Désireux de prouver votre supériorité sur un épouvantail d'entraînement, vous frappez de toutes vos forces. Mais le mannequin est solidement charpenté, et il a plus d'un tour dans son sac de jute. Sous la violence de votre attaque, il se transforme en toupie, vous infligeant une volée de bois vert avec ses petits bras. **Vous perdez 1 Point de Vie.**

Votre fierté et votre corps meurtri en ont pris un coup. Un tel affront ne doit pas rester impuni !

Vous attendez que le mannequin cesse de tournicoter pour riposter. ***Allez en 59.***

Vous laissez libre cours à votre colère et vous frappez de plus belle. ***Allez en 73.***

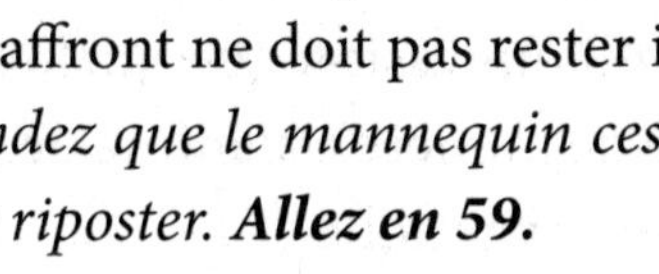

121

Le fantôme lève lentement son épée afin de trancher le fragile fil de votre destin.

Mais votre ange gardien ne saurait permettre cela !

Kardorim a baissé son bouclier pour vous achever. C'est le moment qu'Oskar attendait. Votre arme semble soudain animée d'une vie propre. Votre bras frappe avec la vitesse de l'éclair. C'est comme si vous déchiriez non pas un vieux drap, mais la trame même de l'existence. Un bref instant, le temps semble être suspendu. Un silence assourdissant règne dans la crypte.

Puis le spectre pousse un hurlement. Un hurlement qui vous déchire non seulement les tympans, mais aussi l'âme. Vous titubez en vous bouchant les oreilles. **Vous perdez 2 Points de Vie.**

La forme ectoplasmique disparaît.

S'il reste un peu de vie en vous, ***allez en 194***.

122

Vous pouvez utiliser votre pouvoir magique à la fin de chaque paragraphe, et ce pendant toute la durée du combat.

Si vous possédez une épée Tulante et que vous choisissez de vous en servir pour disputer ce combat, feuilletez rapidement les pages de ce livre, puis arrêtez-vous au hasard. Regardez le dernier chiffre du numéro de la page de droite. Si ce chiffre est 5, 7 ou 9, vous récupérez 1 Point de Vie.

Le moment que vous attendiez avec tant d'impatience est arrivé… C'est la lutte finale, l'heure de vérité ! L'ultime combat commence ! Espérons que vous êtes frais et dispos, parce que ça va chauffer.

Vous sentez la puissance des Écailles de Prysmaradoth irradier dans votre corps et votre âme. Vous faites aussi une rapide prière à votre dieu, au cas où.

Le Dark Vlad, dans sa grande mansuétude, vous laisse l'initiative.

Vous portez le premier coup. ***Allez en 223.***

Vous restez sur la défensive et vous attendez. ***Allez en 2.***

123

Le tunnel fait un coude. Un grand cristal de roche marque l'endroit.

Deux directions sont possibles.

Vous suivez le couloir vers le sud-est. ***Allez en 195.***

Vous préférez suivre le couloir vers le sud-ouest. ***Allez en 40.***

124

Vous pouvez utiliser votre pouvoir magique à la fin de chaque paragraphe, et ce pendant toute la durée du combat.

Si vous possédez une épée Tulante et que vous choisissez de vous en servir pour disputer ce combat, feuilletez rapidement les pages de ce livre, puis arrêtez-vous au hasard. Regardez le dernier

chiffre du numéro de la page de droite. Si ce chiffre est 5, 7 ou 9, vous récupérez 1 Point de Vie.

Les deux chafers qui vous poursuivaient se jettent sur vous sans se préoccuper des risques de riposte. Ils sont déjà morts, ils n'ont plus grand-chose à perdre, à part leurs slips.

Vous perdez 1 Point de Vie, à moins que vous ne soyez armé d'un marteau de Boisaille, auquel cas un moulinet bien placé repousse les squelettes et vous évite d'être blessé.

Si Nybi est avec vous, il retient les chafers qui se trouvent sur le pont. Dans le cas contraire, vous êtes également assailli de ce côté, et **vous perdez 1 Point de Vie supplémentaire**.

Vous décidez d'attaquer les squelettes qui gardent le pont. ***Allez en 177.***

Vous concentrez vos efforts sur les chafers qui vous poursuivaient. ***Allez en 204.***

125

Vous arrivez devant une arche couverte de végétation qui s'élève au-dessus d'un grand escalier de pierre. Les marches disparaissent dans les profondeurs. Il n'y a pas d'inscription, pas de crânes empilés, pas de totem macabre, pas d'affiche clouée à un arbre conseillant à l'innocent promeneur de rebrousser chemin. Il est de notoriété publique que cet endroit mène à l'entrée d'un donjon, nul besoin de rajouter de la publicité.

Vous descendez les escaliers. Vous vous retrouvez non pas dans une sombre caverne, mais au milieu des nuages… vous êtes sous Incarnam ! Le plateau rocheux qui constitue le sol de l'île céleste forme un toit au-dessus de votre tête. Vous priez pour qu'il n'y ait aucun tremblement de terre aujourd'hui, car ce serait une véritable avalanche qui pleuvrait sur votre crâne.

De l'autre côté d'un pont naturel, un Crâ coiffé d'un champignon se tient devant une petite grille de métal. Il se présente comme le portier de service, celui qui avertit les aventuriers qu'ils vont en baver s'ils osent continuer. D'ordinaire, une clé est nécessaire pour franchir la grande porte de pierre qui se trouve plus loin, mais comme vous êtes un Kerubim, le Crâ est prêt à faire une exception et à vous ouvrir lui-même. En revanche, il tient à préciser qu'il décline toute responsabilité pour ce qui pourrait arriver une fois que vous aurez passé le seuil. Il n'a pas envie que vos éventuels héritiers l'accusent d'homicide par imprudence !

Vous haussez les épaules, et vous le rassurez. Il n'a pas à s'en faire, car vous comptez bien revenir sain et sauf de votre petite escapade.

Le portier ne semble pas partager votre assurance. Il vous ouvre la porte, puis il vous dit adieu. Peut-être vous reverrez-vous dans une prochaine vie, qui sait ?

Vous entrez dans le donjon d'Incarnam.

Si vous êtes un Eniripsa, ***allez en 206.***

Dans le cas contraire, ***allez en 14.***

126

Vous passez à travers le corps transparent du spectre, et vous vous écroulez sur le sol. Une douleur intense vous transperce la poitrine. La lame fantomatique de Kardorim a trouvé le chemin de votre cœur.

Tandis que le froid vous envahit, votre âme décide de prendre un peu de hauteur. Tant de souffrance, tant d'énergie dépensée, cela n'en vaut pas la peine.

Votre contrat de héros au destin prometteur arrive à expiration. Vous rendez votre dernier soupir. Le spectacle de votre vie est terminé. Rideau !

C'est sous la forme d'un fantôme que vous hanterez désormais le cimetière d'Incarnam… vous pourrez toujours vous consoler en effrayant les aventuriers de passage et en chipant des bonbons durant la nuit d'Halouine.

Votre aventure s'achève ici. Si vous souhaitez rejouer, allez en 1.

127

Vous avancez rapidement vers l'avorton qui a eu l'insolence de vous prendre pour une pelote d'épingles, avec l'intention de lui mettre une bonne correction.

Mais c'était compter sans son acolyte, qui profite de l'occasion pour vous attaquer lâchement dans le dos. Eh oui, la lâcheté est un art de vivre chez les gobelins.

Une violente douleur explose dans votre crâne. **Vous perdez 2 Points de Vie.** Vous luttez pour ne pas perdre conscience.

Vous êtes tenté d'abandonner. Ce serait tellement plus facile. Mais ce ne serait pas digne du héros que vous voulez devenir.

Lired et Arlo vous font de nouveau face, l'arme à la main. Ils ricanent. Cela fait longtemps qu'ils ne s'étaient pas autant amusés.

Mériana n'intervient pas. Elle semble vous laisser une nouvelle chance de prouver que vous pouvez vaincre deux pauvres petits gobelins.

Le combat reprend. **Allez en 102.**

128

L'adepte de Iop vous indique que les offrandes sont déposées dans une fissure visible sur la lame de l'épée. C'est ainsi que le veut la tradition.

Vous jetez deux pièces dans l'anfractuosité tout en murmurant de vagues prières. **Retirez 2 kamas de votre bourse.**

Vous en profitez pour regarder dans la fissure, au cas où la cavité serait remplie d'écailles de courage. Mais à part des pièces de monnaie, de vieilles gommes à mâcher et une peluche borgne, vous ne voyez rien d'intéressant.

Vous attendez une révélation fracassante de la part du seigneur des braves. Hélas, vous n'entendez que le bêlement des bouftous qui tondent le gazon à proximité.

Il semblerait que c'était bien une idée de Iop, après tout.

Allez en 51.

129

L'un des Kerubims présents dans la salle d'armes vous a suivi. Il murmure quelques mots à l'oreille du capitaine.

« On me dit que tu as un style très particulier, mais que tu sembles déterminé. Le courage, l'endurance et la férocité au combat sont des vertus que nous savons apprécier à leur juste valeur. Considère-toi comme un des nôtres, soldat ! Je te recrute dans nos rangs. »

Un sentiment de fierté vous envahit. Vous remerciez le capitaine, lui assurant que vous ne le décevrez pas.

« Enfile ce haubert marqué de notre blason. Porte-le avec honneur ! Prends également ces kamas comme paiement de ta première solde. »

Vous ajoutez 12 kamas à votre bourse.

Vous êtes désormais un Kerubim, un membre de la milice céleste. Vous demandez au capitaine quelle sera votre première mission.

« Tu me sembles particulièrement motivé. Tu n'as pas peur de marcher, dis-moi ? Bien. Que dirais-tu d'effectuer une patrouille autour d'Incarnam ? Nul besoin d'être un vétéran pour faire une reconnaissance. »

Vous acceptez avec empressement.

« À propos de vétéran… Pour fêter ton incorporation, et avant de commencer ta patrouille, je te propose d'aller faire un tour à la taverne tenue par Grobid, un ancien Kerubim qui a autrefois combattu à nos côtés. Nous avons une façon bien particulière de nous rendre chez lui : nous utilisons la magie des potions alchimiques. Cela nous fait gagner beaucoup de temps. Va donc boire une chope à la taverne. À ton retour, je te donnerai mes dernières recommandations avant ton départ en patrouille. »

Le capitaine vous tend un flacon brillant d'une lumière dorée. **Ajoutez 1 potion de Grobid dans l'emplacement prévu à cet effet sur votre feuille de route.**

Vous buvez la moitié du contenu de la fiole. Les murs de la tour commencent à vaciller autour de vous. Vous disparaissez… pour réapparaître en un autre endroit.

*Marquez cette page pour pouvoir la retrouver, puis découvrez la taverne de Grobid en vous **rendant au 251**.*

*Quand vous aurez terminé votre visite, vous boirez le reste de la potion pour revenir à la tour des Kerubims. Ensuite, **allez en 183**.*

130

Les trois figurines brillent d'une vive lumière. Vous vous sentez comme aspiré par l'Orbalantyr.

Vous êtes dans les ténèbres. Vous entendez des bruits de bataille, des hurlements de rage, des cris de douleur. Soudain, vous vous retrouvez au milieu d'un brasier. Les flammes dansent devant vos yeux en crépitant. Un rire dément résonne à vos oreilles.

Vous ressentez une immense douleur. **Vous perdez 2 Points de Vie.**

Quelque chose vous tire en arrière, vous arrachant à une éternité de tourments.

Vous êtes de retour dans la pièce de l'Orbalantyr. Vous êtes en sueur. Vous avez l'impression de vous réveiller d'un cauchemar, mais la souffrance est bien réelle.

Vous vous reposez un bref instant, histoire de reprendre vos esprits. L'expérience a été éprouvante… mais votre détermination est intacte.

Vous manipulez les figurines pour leur redonner leur position initiale. Vous avez dû commettre une erreur et vous perdre en chemin. Si vous voulez parler à Mériana, vous devez réessayer d'utiliser l'Orbalantyr.

Quand vous serez prêt, ***allez en 105***.

131

Tandis que vous progressez dans la plaine d'un pas rapide, vous prenez conscience que le ciel a changé de couleur. Il est désormais d'un gris métallique. Le vent souffle nettement plus fort, et les nuages se rassemblent en gonflant de façon menaçante. Vous croyez entendre un bruit de tonnerre dans le lointain.

Vous passez devant les grands escaliers de pierre du donjon d'Incarnam, repaire d'un monstre particulièrement féroce, mais vous décidez de ne pas vous arrêter. Vous poursuivez votre chemin.

Suivant la direction de l'est, vous traversez les ponts successifs qui mènent à l'Aire de l'Envol.

Devant vous, des montgolfières se balancent sous les fortes rafales de vent. Il ne s'agit pas d'aérostats ordinaires : les ballons d'Incarnam sont magiques.

Capables de voler à travers le Krosmoz, ils constituent le seul moyen de transport vers le Monde des Douze.

Un milicien Kerubim est en train d'arrimer solidement l'un des ballons. Il vous confirme ce que vous redoutiez : un orage se prépare !

Sous le commandement d'un aigle céleste, vous donnez un coup de main pour mettre le matériel de vol à l'abri dans une nacelle couverte. Vous apprenez qu'un incendie a eu lieu sur l'Aire de l'Envol il y a quelques semaines, de l'équipement a été détruit. Il ne s'agirait pas d'en perdre davantage.

Tandis que vous transportez une caisse de cordages, vous trébuchez sur quelque chose. Vous baissez les yeux : une sorte d'outre en cuir semble fixée au sol. Pris d'une impulsion subite, vous la détachez. L'outre est tellement légère qu'elle pourrait s'envoler, telle une minuscule montgolfière.

Derrière vous, le milicien s'amuse de votre surprise. Il vous apprend que cet objet insolite est une outre de vent. Il vous suggère de la garder, peut-être en aurez-vous l'utilité, qui sait ?

Vous pouvez mettre l'outre de vent dans votre sac. **L'objet occupe une case de votre inventaire, vous devez donc disposer d'un emplacement libre.**

Une fois que vous avez fini de ranger le matériel,

le milicien vous propose de le suivre à la taverne de Grobid. Après un court moment d'hésitation, vous décidez de refuser : vous ne voulez pas décevoir le capitaine des Kerubims, il vous faut absolument terminer votre première mission. Il ne vous reste plus qu'à patrouiller dans les zones cultivées. Vous pourrez ensuite retourner à la tour des Kerubims pour vous mettre à l'abri, avec la satisfaction du devoir accompli.

Vous saluez le milicien, puis vous vous hâtez vers l'ouest en direction des champs. ***Allez en 192.***

132

Le spectre lève son bouclier pour parer votre assaut. Vous frappez encore et encore. Rien n'y fait. Vous avez l'impression d'attaquer un mur.

Vous vous jetez de tout votre poids contre le bouclier tenu par votre adversaire pour le faire tomber. ***Allez en 126.***

Vous battez en retraite vers l'entrée de la crypte. ***Allez en 103.***

133

Un grand rocher noir se dresse contre la paroi. Le tunnel fait un coude.

Oskar se gratte le haut de la capuche.

« Hey, tu es sûr que l'on n'est pas déjà passé par là, hein ? »

Vous avez le choix entre deux directions.

Vous partez vers le nord-est. ***Allez en 141.***

Vous partez vers le nord-ouest. ***Allez en 56.***

134

Les Écailles de Prysmaradoth luisent dans votre main : le courage, l'endurance, la férocité… elles brillent sous les feux du soleil couchant, mais elles ne semblent receler aucun pouvoir particulier. Mériana se serait-elle trompée ?

Le meilleur moyen de le savoir, c'est de suivre les instructions que la magicienne vous a données. Vous avez rendez-vous avec Strig sur l'Aire de l'Envol, l'avez-vous oublié ?

Tandis que vous marchez vers l'est, vous sentez une présence à vos côtés. La nuit tombe sur Incarnam. Vous vous demandez si votre ange gardien va se manifester à nouveau…

Vous franchissez les ponts qui mènent au promontoire des ballons célestes. Ils sont toujours gardés par des miliciens Kerubims. À la lueur des lanternes, vous apercevez le capitaine qui scrute le ciel avec inquiétude. Les vents sont en train de se lever.

Perchée sur une caisse, une chouette vous attend patiemment.

Vous allez voir le capitaine des Kerubims. ***Allez en 231.***

Vous vous approchez de la chouette. ***Allez en 54.***

135

La toile de l'arakne est plus collante qu'une boule de gomme prémâchée, il va vous falloir un moment pour vous en dépêtrer.

Tandis que vous vous démenez, votre adversaire en profite pour se glisser dans votre dos, puis vous saute dessus toutes dents dehors. Ses crocs pénètrent profondément dans votre chair. Aïe, ça fait mal ! **Vous perdez 2 Points de Vie.**

Avec l'énergie du désespoir, vous vous redressez, puis vous vous baissez brusquement pour projeter la créature contre la paroi. Furieuse, elle revient à la charge en titubant.

Vous parvenez à libérer l'une de vos jambes, et vous donnez un grand coup de pied dans les gencives de votre adversaire. Ouch !

C'en est trop pour l'arakne. Tant d'efforts pour un petit en-cas ! Mais la bête a encore un atout dans sa manche… ou plutôt dans l'une de ses dents creuses encore intactes.

Juste avant de battre en retraite et de disparaître derrière un rocher, le monstre parvient à vous mordre la cuisse. Un liquide verdâtre coule le long de votre jambe. **Vous perdez 1 Point de Vie supplémentaire.**

Vous êtes toujours de ce monde ? Si c'est le cas, il semble que vous ayez remporté ce combat… du moins, pour le moment.

Allez en 107.

136

Dire que vous volez avec l'élégance d'un papillon serait mentir. Votre style se rapproche davantage d'un fer à repasser accroché à une montgolfière. Néanmoins, l'essentiel est que vous ne tombez pas comme une pierre. Vous flottez dans les airs avec un air passablement ahuri, suspendu aux bretelles de votre sac à dos.

L'outre de vent que vous avez récupérée sur l'Aire de l'Envol s'est finalement avérée très utile.

L'épineux problème de votre survie en milieu aérien étant résolu, il vous reste à trouver comment retourner sur la terre ferme.

Vous battez des bras et des jambes, mais cela ne semble pas avoir grand effet, à part vous rendre ridicule. Vous avez simplement réussi à vous retourner suffisamment pour voir l'île d'Incarnam s'éloigner. Votre destin est-il de devenir un squelette flottant non identifié ?

Heureusement, votre ange gardien est là.

Vous sentez votre sac bouger, comme si quelqu'un était en train de le fouiller. Puis vous entendez le bruit caractéristique d'un ballon qui se dégonfle.

Vous n'avez pas le temps de paniquer. Vous redescendez vers Incarnam, propulsé par les vents qui s'échappent de l'outre. Le sol se rapproche rapidement.

Les fous volants vous le diront, le plus dur, c'est l'atterrissage.

Vous percutez la poignée de l'Épée de Iop, vous rebondissez sur la garde, et vous finissez au pied d'un arbre rabougri. **Vous perdez 2 Points de Vie.**

Votre chute ne vous a pas coûté la vie ? En voilà une bonne surprise !

Supprimez l'outre de vent de votre inventaire.

Allez en 80.

137

Vous vous remémorez les paroles de Mériana concernant l'Écaille du courage.

« Iop est le dieu de la Guerre, le seigneur des braves. Trouve l'Épée de Iop, et tu trouveras le courage. »

Vous savez que les dieux ont laissé des traces de leur passage sur Incarnam. Ces vestiges font l'objet d'un culte parmi les fidèles. Comme les autres, Iop a dû marquer l'île céleste de son empreinte… Il ne reste plus qu'à trouver où exactement.

Vous partez en direction du sud. **Allez en 11.**

Vous préférez tenter votre chance vers l'ouest. **Allez en 62.**

138

Lorsqu'elle vous voit arriver sans Jonquille, Pipelette manque s'évanouir. Quelle cruelle déception !

Sachant que les Enutrofs sont assez possessifs, vous évitez de relater les évènements qui vous ont amené à revenir bredouille.

Même si vous avez échoué, Pipelette tient à vous dédommager pour le temps que vous avez passé à essayer de résoudre son problème. La famille Nhin compte des Kerubims parmi ses membres, et elle paie toujours ses dettes ! **Vous gagnez 3 kamas.**

Pipelette insiste pour que vous preniez des forces avant de poursuivre votre patrouille. Vous dégustez quelques crêpes particulièrement nourrissantes. **Vous récupérez 1 Point de Vie.**

Vous remerciez Pipelette, puis vous lui dites au revoir avant de partir en direction de la forêt. ***Allez en 97.***

139

« Haaa, enfin le comportement que j'attendais… le valeureux héros qui prend la poudre d'escampette ! Vous êtes tous si prévisibles. »

Vous n'avez pas le temps d'atteindre l'escalier. Le Dark Vlad fait un bond prodigieux, son épée décrit un arc enflammé dans la nuit… et pouf, vous voilà membre du club des décédés.

Au moins, vous aurez vu le Dofus Émeraude avant de mourir. C'est une maigre consolation, mais c'est mieux que rien.

Quant à Oskar et Mériana, ils seront évidemment très déçus. Il semble bien que vous n'étiez pas celui qu'ils croyaient, après tout.

Votre aventure s'achève ici. Si vous souhaitez rejouer, allez en 1.

140

Vous pouvez utiliser votre pouvoir magique à la fin de chaque paragraphe, et ce pendant toute la durée du combat.

Si vous possédez une épée Tulante et que vous choisissez de vous en servir pour disputer ce combat, feuilletez rapidement les pages de ce livre, puis arrêtez-vous au hasard. Regardez le dernier chiffre du numéro de la page de droite. Si ce chiffre est 5, 7 ou 9, vous récupérez 1 Point de Vie.

Un héros du temps passé s'apprête à affronter un héros en devenir… Dommage qu'un combat avec une telle affiche se déroule dans une petite crypte au fin fond d'un cimetière mal fréquenté.

Le fantôme semble vous laisser l'initiative. Contrairement à vous, il a probablement tout son temps.

Vous adoptez la tactique dite « du Iop téméraire » : vous foncez sur votre adversaire en suaire. ***Allez en 3.***

En bon adepte de la guerre psychologique, vous fixez le spectre du regard, cherchant le blanc de ses yeux. ***Allez en 218.***

141

Vous vous retrouvez au centre d'un croisement qui part dans quatre directions.

Vous prenez le chemin nord-ouest. ***Allez en 214.***

Vous choisissez le couloir sud-est. ***Allez en 178.***

Vous optez pour le tunnel sud-ouest. ***Allez en 133.***

Vous décidez de marcher vers le nord-ouest. ***Allez en 9.***

142

Vous voilà enfin face au gardien illégitime du Dofus Émeraude. Illégitime, car il est impensable qu'un être aussi vil et cruel que le Dark Vlad soit désigné comme le protecteur d'un œuf de Dragon primordial.

Le personnage qui se dresse devant vous a beau être charismatique, il n'en est pas moins sinistre.

142 *Le Dark Vlad.*

Son armure bleu nuit est ornée d'une croix couleur de braise. Une épée de flammes crépite dans sa main. Sa longue chevelure incandescente lui donne l'apparence d'une torche vivante. Bref, vous l'aurez compris, le Dark Vlad aime jouer avec le feu. Et il brûle de vous rencontrer.

Mais vous vous apercevez qu'il n'est pas seul. Derrière le piédestal sur lequel trône le Dofus, une silhouette vêtue d'une robe noire semble observer la scène. Elle s'appuie sur un bâton noueux. Son visage est dissimulé par une capuche.

Tout autour de vous, des braseros de pierre grésillent dans la nuit. Le sol de la plate-forme est couvert de symboles ésotériques. Vous voyez que le Dofus est au centre d'un cercle magique… un rituel est en cours, et votre arrivée l'a perturbé.

Qu'allez-vous faire ?

Vous essayez de discuter avec le Dark Vlad, afin d'en apprendre plus sur ce qui se passe ici. ***Allez en 174.***

Vous observez l'inquiétant personnage qui se tient derrière le Dofus. ***Allez en 245.***

Vous dégainez votre arme et vous engagez le combat sans attendre. ***Allez en 122.***

143

Le capitaine interrompt sa lecture. Intimidé, vous lui remettez la lettre signée par les maîtres du temple.

« Eh bien, qu'avons-nous là ? Une recrue potentielle ? Bienvenue ! Si j'en crois le message que j'ai sous les yeux, les aigles célestes ne tarissent pas d'éloges à ton sujet. Ainsi, tu souhaites t'engager dans la milice ? Et pour quelle raison, dis-moi ? »

Vous répondez avec franchise. Vous souhaitez vous endurcir, acquérir de l'expérience pour pouvoir un jour vous lancer dans la longue quête des Dofus.

« Eh bien, tu es honnête. Tu n'es pas le premier apprenti héros qui cherche à nous rejoindre. Je ne vois pas d'inconvénient à te faire une place parmi nous, mais sais-tu te battre ? La mission des Kerubims est de protéger Incarnam et de servir ses habitants, l'art de la guerre peut s'avérer nécessaire. Prends l'escalier et va faire un tour dans la salle d'armes pour montrer ce que tu vaux. »

*Si vous n'avez pas encore fait la démonstration de vos talents de combattant, montez à l'étage en vous **rendant au 89**.*

Si vous vous êtes déjà fait remarquer par vos prouesses guerrières, aussi relatives soient-elles, ***allez en 129****.*

144

La surface du globe magique est à nouveau recouverte d'écailles. Les figurines en cristal ont disparu.

Vous êtes seul dans la pièce. La porte de métal semble fermée, mais en la poussant, vous constatez qu'elle n'est pas verrouillée. La clé est toujours dans la serrure.

Vous sortez de la salle, puis vous verrouillez la porte. Vous mettez la clé dans l'une de vos poches, et vous prenez l'escalier pour remonter au rez-de-chaussée de la tour.

Pas de signe du capitaine. Vous refermez la trappe avant de remettre le tapis en place.

Allez en 160.

145

Vous manquez d'arguments rationnels pour persuader le capitaine que vous êtes la personne la plus qualifiée pour régler le problème du Dark Vlad. Aussi décidez-vous de faire appel à l'irrationnel. Vous décrivez les visions que vous avez eues, et vous racontez votre rêve. Le capitaine est surpris : il est rare que les dragons s'invitent dans les songes des mortels, et quand ils le font, c'est qu'il y a une bonne raison…

« Je sais que tu me dis la vérité, recrue. Aucun Kerubim ne peut me mentir. Si cela est si important pour toi, tu parleras à Mériana. Encore faut-il que tu parviennes à établir le contact avec elle, et qu'elle accepte de t'écouter. On ne peut jamais être sûr de rien avec ceux qui pratiquent la magie… Suis-moi. »

Le capitaine s'empare d'un chandelier et soulève un tapis écarlate, dévoilant une trappe. Vous descendez tous deux un escalier de pierre, et vous vous arrêtez devant une lourde porte en métal. Le chef des Kerubims sort une clé de la bourse qui pend à sa ceinture, puis il l'insère dans la serrure. La porte s'ouvre en grinçant.

Vous entrez dans une pièce sombre de forme circulaire. Le capitaine allume des bougies : vous constatez que les murs sont couverts de symboles ésotériques qui reflètent la lumière. Un piédestal richement décoré trône au centre de la salle. L'objet posé dessus est recouvert d'un épais voile noir.

Allez en 217.

146

Le gros tofu tourne autour de vous, cherchant désespérément une ouverture qui lui permettrait de vous harceler de coups de bec, mais vous êtes trop malin pour son crâne de piaf. Il finit par perdre patience et s'acharne sur vos mollets. Vous en profitez pour l'envoyer bouler d'un coup de pied bien placé. À moitié assommée, la pauvre créature déclare forfait en allant se cacher derrière un épouvantail. Victoire !

Vous êtes un véritable héros, vous avez battu un gros oiseau jaune. Nul doute que les générations futures se souviendront de votre combat épique, vous êtes entré dans la légende d'Incarnam.

Il ne vous reste plus qu'à vous occuper de Jonquille.

Allez en 81.

147

Vous manœuvrez pour vous placer dos à la cage, et vous faites face aux trois monstres. À moins de piétiner l'un de vos adversaires, le Milimilou ne pourra pas se joindre à la fête. S'il veut vous étriper, il devra attendre son tour.

Vous devez quand même affronter plusieurs ennemis à la fois, ce qui n'est pas bon pour la santé. **Vous perdez 1 Point de Vie, à moins que vous ne soyez armé d'un marteau de Boisaille,** auquel cas vos moulinets maintiennent les monstres à distance, ce qui vous évite d'être blessé.

Vous savez que vous ne pouvez rester éternellement sur la défensive, vous devez diminuer le nombre de vos assaillants. Sur lequel allez-vous concentrer vos attaques ?

Vous fracassez les os du chafer. ***Allez en 163.***
Vous frappez le sanglier sur le groin. ***Allez en 114.***
Vous écrasez la larve pour en faire de la pulpe. ***Allez en 220.***

148

« Eh bien, s'il y avait un concours de magie, il est probable que Mériana le remporterait. Elle est bien moins célèbre que le Mage Ax, Hel Munster ou Larry Poller, mais c'est parce qu'elle apprécie la discrétion. Le vacarme des villes, les bavardages incessants, les aboiements des chienchiens de garde… elle préfère se boucher les oreilles que d'entendre tout ça. Elle vit loin d'Incarnam, sur le Monde des Douze, dans une petite maison isolée au milieu des marécages et des crocodailles. Quand on lui rend visite, mieux vaut ne pas avoir le nez trop délicat…

Mériana a pour seule compagnie une vieille chouette déplumée nommée Strig, et deux gobelins qui lui servent de larbins. Ces petites pestes peuvent être assez agaçantes, comme toutes les créatures de leur espèce. Mais on finit par s'habituer à leur présence.

Mériana est une disciple d'Enutrof, bien qu'elle ne semble pas partager les traits de caractère de ses pairs. Elle n'est ni avide ni avare, et amasser des kamas ne l'intéresse pas. Il y a des gens vraiment bizarres, n'est-ce pas ?

Mériana dit que sa seule richesse est la connaissance. Elle a l'air de tout savoir sur tout, même quand elle ne dit rien. Son domaine de prédilection, ce sont les Dofus. Quand je l'ai rencontrée, j'espérais grappiller quelques informations… mais j'ai obtenu bien davantage. Grâce à son aide, j'ai pu partir à la recherche du Dofus Émeraude détenu par le Dark Vlad. »

*Si vous n'avez pas encore interrogé le Sram à propos du Dark Vlad, **allez en 8**.*

*Si Oskar vous a déjà dit ce qu'il savait sur le Dark Vlad, **allez en 27**.*

149

Vous marchez jusqu'au bord d'Incarnam, puis vous franchissez plusieurs ponts de bois suspendus. Vous vous trouvez sur un îlot rocheux flottant dans le ciel nuageux. Devant vous se dresse un grand arbre aux feuilles parsemées d'étoiles. Il semble très ancien. Sous ses branches se tient un vieillard vêtu de vert et d'or. Il est coiffé d'une mitre, et son bâton est orné d'un orbe écarlate.

L'homme à la barbe blanche se présente comme le gardien du dernier orme d'Incarnam. Il protège l'arbre vénérable selon la volonté du dieu Sadida lui-même.

Vous le saluez, et vous vous présentez comme la nouvelle recrue des Kerubims. Le vieillard s'incline respectueusement, reconnaissant en vous un autre gardien.

Vous levez la tête et vous contemplez les feuilles de l'orme bruissant sous le vent. L'espace d'un instant, la frondaison semble se transformer pour prendre l'apparence d'un dragon. Vous clignez des yeux. Il n'y a pas de créature légendaire cachée dans le feuillage, vous avez dû rêver.

*Si vous êtes un Sadida, **allez en 28**.*
*Dans le cas contraire, vous saluez le protecteur à la barbe blanche, puis vous quittez l'îlot du dernier orme. **Allez en 115.***

150

La meilleure défense, c'est l'attaque ! Vous faites volte-face et vous foncez sur le groupe de créatures enragées.

Puis vous vous rendez compte que l'impact risque d'être rude, particulièrement pour vous.

Vous faites un saut digne d'un maître du pandawushu, l'art martial ancestral des Pandawas, et vous bondissez au-dessus du trio qui vous regarde passer, telle une étoile filante.

Si la larve orange avait des mains, nul doute qu'elle aurait applaudi votre performance.

Vous atterrissez derrière vos ennemis. Ceux-ci font donc demi-tour pour tenter à nouveau de vous piétiner sauvagement. Vous détalez afin de maintenir la distance de sécurité entre vous.

Vous commencez à tourner autour de la cage brisée avec les trois monstres enragés sur vos talons.

Soudain, le Milimilou – qui a assisté incrédule à vos cabrioles – pousse un hurlement. Puis il se rue sur vous. Il semble avoir une furieuse envie de vous réduire en chair à pâté.

Vous vous éloignez précipitamment de la cage. ***Allez en 239.***

Vous arrêtez de courir pour lui faire face. ***Allez en 12.***

151

Vous vous déplacez au pas de course, zigzaguant entre les tombes pour ne pas tomber sur un os.

Au fur et à mesure que vous progressez, des chafers sortent de terre et vous prennent en chasse. Un vivant à massacrer, ça ne se refuse pas !

Vous parvenez à rejoindre le pont dont a parlé Nybi. Deux squelettes vous barrent le passage, tandis que deux autres sont sur vos talons.

Vous vous préparez à l'inévitable combat. **Allez en 124.**

152

Le couloir est étroit, tortueux, et la roche rugueuse est pleine d'aspérités. Vous progressez lentement. Vous avez l'impression que la source de lumière se déplace.

Devant vous, le couloir fait un coude vers la gauche. La source de lumière doit être toute proche. Vous entendez des gémissements lugubres.

Vous continuez à suivre le couloir. **Allez en 164.**

Vous rebroussez chemin pour explorer le couloir qui s'ouvrait sur la droite. **Allez en 5.**

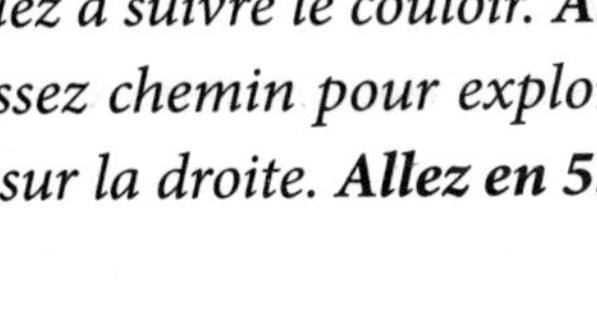

153

Vous partez en direction de l'ouest. Autour de vous, les champs cultivés laissent bientôt la place à une prairie verdoyante où paissent les bouftous. Vous arrivez bientôt au bord du vide, devant un petit pont suspendu en bois gardé par un milicien Kerubim d'une certaine corpulence. En dessous de vous, les nuages s'étirent comme des lambeaux de coton.

Vous saluez le milicien et lui demandez si tout va bien. Le Kerubim hoche la tête. Vous voyant hésiter, il vous garantit que le pont est solide.

Vous traversez le pont en évitant de trop regarder en bas. ***Allez en 104.***

Vous préférez longer le bord et descendre vers le sud avant de reprendre la direction de l'ouest. ***Allez en 97.***

154

Votre victoire sur le pont semble avoir eu son petit effet sur les chafers du cimetière : vous avez gagné quelques instants de répit. Mais il est plus que probable que cela ne durera pas.

Nybi vous mène devant un tombeau de pierre au toit pentu. Il n'y a pas de porte, ni de grille protégeant l'entrée.

« Nul n'oserait profaner cet endroit… Je vais monter la garde ici, et tenir les sacs d'os à distance. Fais ce que tu as à faire. »

Vous entrez dans le tombeau. ***Allez en 10.***

155

Votre attaque soudaine surprend l'arakne qui pousse un sifflement aigu. La créature s'emmêle les pattes en essayant de reculer, ce qui vous donne l'occasion de la rouer de coups. L'affrontement semble tourner en votre faveur !

Mais le monstre n'entend pas renoncer à un repas gratuit aussi facilement.

L'arakne s'aplatit, non pas pour vous baiser les pieds, mais pour cracher un flot de fils baveux sur vos chevilles. Vous êtes cloué au sol, tandis que votre adversaire prend un peu de distance.

Vous concentrez toute votre attention et tous vos efforts sur la toile gluante pour tenter de vous libérer. ***Allez en 225.***

Vous restez sur place et vous insultez copieusement l'arakne sans la quitter des yeux. ***Allez en 22.***

156

Non sans quelques difficultés, vous réussissez à atterrir sur la plate-forme rocheuse. Le promontoire est illuminé par de grands flambeaux de pierre. Des marches grossières sont taillées dans la falaise. Un peu plus haut, vous distinguez des trous dans la paroi qui ressemblent à des fenêtres et à des entrées d'habitation. En contrebas, l'escalier descend vers l'entrée d'un tunnel.

Vous amarrez solidement le ballon à un anneau de bronze. Oskar vous assure que personne ne tentera de le voler.

« Il n'y a plus personne qui vit ici, le village troglodyte est abandonné. Les fanaux doivent brûler depuis des décennies… quel gaspillage d'énergie ! On m'a raconté que des craqueboules vivaient autrefois dans ces demeures minérales. Ils devaient s'ennuyer ferme. Il faut reconnaître que ces gros tas de cailloux n'ont jamais été renommés pour leur sens de la fête… Ils sont plutôt contemplatifs. Regarder pousser les rochers, moi ça me rendrait fou. »

Toujours perchée sur le rebord d'osier, Strig semble ne pas vouloir quitter la nacelle.

« On dirait que la protégée de Mériana préfère rester à l'air libre. Ne t'en fais pas, on devrait pouvoir s'en sortir sans elle. »

Le vieux Sram flotte vers le tunnel et vous enjoint de le suivre.

« C'est par là. Nous devons rejoindre le temple souterrain du Dragon d'Incarnam pour trouver le portail magique qui nous mènera au Dark Vlad. »

Vous entrez dans le tunnel en compagnie d'Oskar. **Allez en 113.**

Vous montez les marches pour jeter un coup d'œil à l'intérieur d'une maison de pierre. **Allez en 208.**

157

L'arakne bondit à la vitesse de l'éclair et se laisse tomber sur vous. Ses dents se plantent dans votre épaule. **Vous perdez 1 Point de Vie.**

Le combat semble mal engagé. Vous sentez la colère monter en vous. Vous êtes un Kerubim, votre destin n'est pas de finir dans l'estomac d'une arakne !

Vous luttez pour vous redresser. Votre adversaire bondit en arrière, puis crache sur vos chevilles un paquet de fils gluants. Il ne manquait plus que ça !

Vous décidez de faire le mort et vous vous écroulez en poussant un râle d'agonie. **Allez en 92.**

Vous essayez de remédier à la situation en tentant d'arracher la toile gluante qui vous empêche de bouger. **Allez en 135.**

158

Le spectre vous poursuit tout en essayant de vous pourfendre de son épée ectoplasmique. Votre stratégie n'est pas très glorieuse, mais elle aurait pu être payante contre un ennemi de chair et de sang. Hélas, pour épuiser un fantôme qui a dormi plusieurs décennies, il faut se lever tôt. La seule personne que vous réussissez à fatiguer, c'est vous-même, et les quelques cafards des cryptes devant qui vous vous donnez en spectacle.

Vous allez devoir trouver autre chose.

Vous arrêtez de courir, et vous baissez votre arme. ***Allez en 121.***

Vous battez en retraite et vous vous éloignez du tombeau. ***Allez en 103.***

159

Le mannequin encaisse votre coup et tourne sur lui-même. Vous évitez sans peine ses bras de bois. Derrière vous, l'un des guerriers présents dans la salle vous recommande d'être prudent, l'épouvantail pourrait appeler du renfort. Son compagnon d'armes s'esclaffe. Ces deux-là se moqueraient-ils de votre tactique un brin timorée ?

Vous vous retournez pour asséner une réplique bien sentie. ***Allez en 21.***

Vous ignorez les remarques désobligeantes et vous poursuivez votre harcèlement par petites touches. ***Allez en 226.***

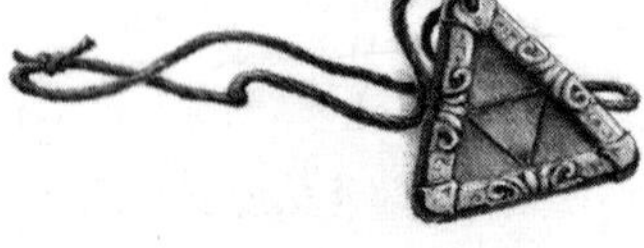

160

Vous êtes à la croisée des chemins.

Vous pourriez sans doute faire mine d'ignorer tout ce qui s'est passé, prétendre que ce que vous avez vu et entendu grâce à l'Orbalantyr n'est que le produit de votre imagination, ou le fruit d'une fantasmagorie. Mais vous n'en avez pas vraiment envie.

Votre rencontre avec Oskar, votre conversation avec Mériana, rien de tout cela n'est arrivé par hasard. La voie de votre destinée se révèle peu à peu devant vous. Et vous vous sentez désormais prêt à avancer.

Vous avez besoin des trois Écailles de Prysmaradoth : elles vous apporteront le courage, l'endurance et la férocité nécessaires pour vaincre le Dark Vlad. Avant que vous ne disparaissiez, la magicienne vous a donné quelques indices afin d'orienter vos recherches.

Vous vous mettez en quête de l'Écaille du courage. ***Allez en 137.***

Vous préférez commencer par l'Écaille de l'endurance ? ***Allez en 93.***

L'Écaille de la férocité est celle que vous voulez trouver en premier ? ***Allez en 227.***

161

Vous ne distinguez pas grand-chose autour de vous. Si seulement il ne faisait pas aussi sombre…

Comme en réponse à votre prière, un éclair illumine le ciel. L'espace d'un instant, vous apercevez clairement une ouverture à la base d'un pic massif situé non loin de vous. Cela ressemble à l'entrée d'une grotte.

Le pic se dresse sur un îlot isolé, mais un pont suspendu le relie au bord du plateau rocheux.

Vous vous aventurez sur le pont. ***Allez en 180.***

Vous essayez de trouver un autre abri. ***Allez en 43.***

162

Vous vous retrouvez au fond d'une grotte sombre faiblement éclairée par la lueur rouge sang du portail. Devant vous, la bouche de la caverne s'ouvre sur un ciel nocturne encombré de nuages. Le bruit du vent est omniprésent.

Sur le sol rocailleux près de l'entrée, vous croyez distinguer un petit tas informe visible sous la lumière de la lune.

« Mes os ! Ce sont mes os ! Enfin, je les retrouve ! »

Oskar se précipite vers sa dépouille.

Vous le suivez sans perdre de temps. ***Allez en 207.***

Vous restez en arrière pour examiner les alentours. ***Allez en 68.***

163

Depuis votre mésaventure dans le cimetière, vous détestez les chafers. Ces squelettes qui narguent la mort et s'en prennent aux vivants vous agacent au plus haut point. C'est donc avec un plaisir non dissimulé que vous frappez de toutes vos forces celui qui se trouve devant vous.

Des éclats d'os volent un peu partout. Le sanglier couine de douleur : un morceau de côte ayant appartenu à son allié est planté dans son flanc. Mais l'animal, contrairement au chafer, ne se laisse pas démonter. Il gratte le sol avec son sabot, s'apprêtant à charger.

La larve quant à elle se contente de larver.

À quelques kamètres de vous, vous apercevez une forme d'un vert laiteux parmi les débris de bois et de métal, à côté d'un énorme cadenas brisé.

Soudain, un hurlement vous rappelle la présence d'un autre adversaire, et de taille celui-là. Le Milimilou bondit vers vous tous crocs dehors !

Vous vous jetez à terre pour tenter d'éviter le sanglier et le Milimilou. ***Allez en 30.***

Vous vous éloignez précipitamment de la cage. ***Allez en 239.***

164

Vous suivez le couloir, et vous vous retrouvez face à un être que vous auriez aimé rencontrer le plus tard possible : la Mort. Ses orbites vides vous contemplent, et son crâne spectral couvert d'une capuche vous sourit de toutes ses dents.

Vous ne pouvez vous empêcher de pousser un hurlement. Tomber sur la Mort, ça fait un choc.

Celle-ci vous fait écho et hurle à son tour, à moins que ce ne soit à la mort.

Vous vous enfuyez sans demander votre reste. Affronter la Faucheuse, ça fait un peu beaucoup, même pour un futur possesseur des six Dofus.

Vous refaites le chemin en sens inverse, mais bien plus rapidement. Puis vous vous engouffrez à toute vitesse dans le couloir qui s'ouvrait sur la droite.

Allez en 74.

165

S'il est tout à fait louable de votre part de vouloir régler les choses à l'amiable, c'est malheureusement un peu tard. D'autant plus qu'une créature élémentaire ne comprend pas toutes les subtilités de la diplomatie.

Un déluge de roche, d'eau, de vent et de feu s'abat sur vous. Le pouvoir de l'Écaille de l'endurance vous permet de ne pas succomber instantanément, mais cela ne fait que retarder l'inévitable. Durant quelques secondes, les images de votre vie défilent devant vos yeux. Vos premiers pas, votre premier tofu en peluche, votre première limonade. Puis c'est le noir, l'obscurité finale, la fin de la représentation.

Vous êtes mort.

Bouleversés par cet évènement tragique, nous prenons part à votre douleur et nous vous adressons nos plus sincères condoléances.

Votre aventure s'achève ici. Si vous souhaitez rejouer, allez en 1.

166

Avec un feulement rappelant un chachachovage enragé, l'arakne bondit sur vous à la vitesse de l'éclair. Ses dents se plantent dans votre épaule. **Vous perdez 1 Point de Vie.**

Vous hurlez de douleur, de peur et de rage en même temps. Pas question de finir dans l'estomac d'une créature aussi laide, votre réputation et, accessoirement, votre vie sont en jeu !

Votre adversaire bondit en arrière, puis crache sur vos chevilles un paquet de fils gluants. Vous n'êtes plus libre de vos mouvements.

Vous essayez de remédier à la situation en tentant d'arracher la toile gluante qui vous empêche de bouger. ***Allez en 135.***

Vous restez sur place et vous insultez copieusement l'arakne sans la quitter des yeux. ***Allez en 22.***

167

À en juger par la taille de l'épée plantée dans le sol rocailleux, Iop doit être un géant. Quand on est une divinité tout en muscles, il vaut mieux en imposer sur le champ de bataille. C'est une question de crédibilité.

Tandis que vous admirez le vestige laissé par le seigneur des braves, une voix forte retentit derrière vous.

« Prosterne-toi devant la toute-puissance de Iop, protecteur du Monde des Douze ! Contemple ici son épée, symbole de sa force ! »

Une adepte de Iop s'avance vers vous. Vêtue d'un élégant haubert mauve, elle vous regarde d'un air hautain. Ses longs cheveux roux sont retenus par des rubans. Une couronne dorée est posée sur sa tête.

« Eh bien, qu'attends-tu, prosterne-toi ! Dépêche-toi, ou bien je te botte les fesses. »

Vous faites poliment remarquer à la bouillante demoiselle que vous êtes un Kerubim, et que vous n'avez pas d'ordres à recevoir de sa part.

« Hum. Ça ira pour cette fois. Mais tu devrais montrer un peu plus de respect envers le Roi des Épées. Si j'étais toi, je lui ferais une offrande et je le prierais de toute mon âme pour qu'il me montre la voie. »

Vous réfléchissez. Peut-être n'est-ce pas une si mauvaise idée… bien que ce soit une idée de Iop.

Si vous avez au moins 2 kamas dans votre bourse, vous pouvez les offrir au dieu guerrier et prier. **Allez en 128.**

Si vous êtes désargenté, ou si vous n'avez aucune envie de dépenser vos kamas, vous pouvez continuer à discuter avec la disciple de Iop. **Allez en 51.**

167 *L'Épée de Iop.*

168

« Je suis content de voir que tu t'en es sorti ! Tu as eu plus de chance que moi, mais c'est vrai que je t'ai un peu aidé. Si je n'avais pas été là, la grosse poilue serait revenue pour te digérer tout cru. Quand j'ai claqué des dents et refroidi la température de la grotte, elle n'a pas eu l'air d'apprécier. Elle a peut-être eu peur d'attraper la mort ! »

Vous ne savez pas si c'est le fait de rencontrer un fantôme, mais vous vous sentez un peu plus vivant. Vous vous dirigez vers l'entrée de la grotte, le vieux Sram flottant derrière vous.

« Je vois que tu es un Kerubim. Ton rôle est de protéger et servir, c'est ça ? J'ai besoin d'un coup de main. Oui, je sais, je suis mort, mais mieux vaut tard que jamais, pas vrai ? »

Vous jetez un coup d'œil au-dehors. Il fait nuit. L'orage s'est arrêté. Vous respirez l'air pur de l'extérieur. Les étoiles semblent briller d'un éclat plus vif qu'à l'ordinaire.

S'il vous reste encore des potions de Grobid, vous pouvez de nouveau les utiliser pour vous

CARTE

LE MONDE DES DOUZE

Château du Comte Harebourg
Frigost
Ile de
Bonta
Foire du
Village des Brigandins
Kolizeum
Ile de Sakaï
La Bourgade
Ile du Minotoror
Forêt
Montagne des Koalaks
Arbre Hakam
Landes de Sidimote
Ile d'Otomaï
Brakmar
Cratère Minus
Village
Vulkania
=LE MONDE

Nowel
Ile de Grobe
Sanctuaire de l'Almanax
Astrub
Pandala
Abraknydes
Chateau d'Amakna
Ile des Wabbits
Territoire des Bworks
Port de Madrestam
Forêt maléfique
Sufokia
makna
Ile de Moon
DES DOUZE =

rendre à la taverne quand vous le souhaitez, sauf durant un combat.

Le fantôme continue à déverser son flot de paroles.

« J'ai eu un petit problème. Non, ce n'est pas l'arakne qui m'a fait passer de vie à trépas. C'est arrivé si soudainement… Bon, j'ai peut-être été un peu imprudent, je l'admets.

Bref, j'aimerais bien oublier l'incident, récupérer un corps tout neuf et repartir du bon pied. Mais je suis un peu perdu depuis mon décès, et je n'arrive pas à trouver la statue de l'oiseau de feu. Pourrais-tu me guider jusqu'à elle ? Je ne serai pas un ingrat, je te donnerai quelques kamas pour le dérangement. »

Maintenant que la tension est retombée, vous commencez à prêter un peu plus d'attention à ce que raconte le Sram.

Allez en 222.

169

Le regard de Mériana se fait songeur.

« Ainsi, le Sram a été vaincu, mais il ne l'accepte pas. Je reconnais bien là sa ténacité. Oskar est une sacrée tête de pioche quand il s'y met… Mais se retrouver transformé en fantôme risque de lui poser problème pour récupérer le Dofus Émeraude.

Il t'a donc désigné comme remplaçant ? Voilà qui est intéressant. T'a-t-il seulement expliqué la raison de son choix ? Il aurait pu s'adresser à un aventurier bien plus expérimenté que toi. Peut-être penses-tu que tu étais simplement au bon endroit au bon moment ? »

Vous ne savez que répondre. Oskar ne vous a pas vraiment dit pourquoi il avait jeté son dévolu sur vous, un Kerubim fraîchement recruté qui n'a jamais quitté Incarnam.

« Je vois que tu hésites. C'est compréhensible mais fâcheux. Si je veux m'assurer que tu es bien celui que j'attendais, je vais devoir te faire passer un petit test d'aptitude. Rassure-toi, rien de bien méchant. Mais j'entends tout de même que tu le prennes au sérieux. Après tout, tu pourrais bien y perdre la vie. »

Vous espérez qu'elle plaisante, mais à son expression, vous vous rendez compte que ce n'est pas le cas.

« Ce n'est pas parce que tu n'es pas là en chair et en os que tu dois te croire à l'abri… Que choisis-tu, l'épreuve de force ou le défi intellectuel ? »

Vous êtes plus à l'aise quand il s'agit de jouer des muscles. ***Allez en 23.***

Vous préférez mettre votre matière grise à contribution. ***Allez en 90.***

170

Vous vous asseyez sur une pierre pour profiter du soleil, et vous dégustez des crêpes en compagnie de votre hôte. La vieille femme, une disciple du dieu Enutrof, se montre plutôt bavarde. Son caractère volubile lui a d'ailleurs valu le surnom de Pipelette. Elle apprécie beaucoup les visites. Nombre d'aventuriers passent par ici, en particulier les plus dévots qui vont prier devant les vestiges des dieux. Mais peu font l'effort de s'arrêter pour discuter avec elle.

Pipelette s'avère être un membre de l'illustre famille Nhin, connue dans tout Incarnam pour avoir donné naissance à une corporation d'artisans aux multiples talents.

Tandis que vous parlez de la pluie et du beau temps, vous remarquez que Pipelette jette de fréquents regards vers le bâtiment construit sur le côté de la maison. Lorsque vous l'interrogez à ce sujet, elle vous confie la raison de son inquiétude : le bâtiment abrite la volaille qui lui garantit d'avoir toujours des œufs frais à portée de main, mais Jonquille, sa meilleure tofoune pondeuse, a disparu. Et elle craint que d'autres pensionnaires de son tofulailler ne subissent le même sort…

Vous proposez votre aide pour retrouver Jonquille. **Allez en 78.**

Vous lui promettez d'ouvrir l'œil, puis vous la remerciez pour ses crêpes avant de reprendre votre patrouille en direction du sud. **Allez en 97.**

171

Lired – à moins que ce ne soit Arlo, vous avez du mal à les reconnaître – semble avoir l'intention de lancer son javelot dans votre direction. Vous vous rapprochez de lui pour le contraindre à reculer, tout en essayant tant bien que mal d'esquiver les coups de son acolyte.

Vous perdez 1 Point de Vie, à moins que vous ne soyez armé d'un marteau de Boisaille, auquel cas vos moulinets maintiennent le gobelin à distance et vous évitent d'être blessé.

Le nabot au javelot juge plus prudent de différer son attaque. Il bat en retraite et va se réfugier dans un coin de la pièce, derrière une pile de livres.

Le gobelin est acculé, vous en profitez pour le neutraliser. ***Allez en 188.***

Vous préférez vous occuper de son complice. ***Allez en 41.***

172

Si vous étiez un piou, vous pourriez battre des ailes en gazouillant et admirer le paysage en toute sérénité. Mais vous êtes un aventurier, et les aventuriers ne savent pas voler. Peut-être l'avez-vous oublié ?

Votre foi dans un dragon que vous n'avez vu que dans un rêve ou que vous avez cru reconnaître dans la forme des nuages est admirable. Mais compter sur une puissance supérieure pour vous tirer d'affaire en cas de problème n'était peut-être pas la meilleure chose à faire… Aide-toi, et le ciel t'aidera, comme dit le vieux proverbe.

Le ciel d'Incarnam, en l'occurrence, est devenu votre nouvelle maison. Vous le traverserez pour l'éternité… peut-être finirez-vous par devenir une étoile filante, qui sait ?

Votre aventure se termine ici. Si vous souhaitez rejouer, allez en 1.

173

Mériana s'approche de vous, le visage indéchiffrable.

« Bien. Tu n'as pas lâché prise, malgré les attaques horripilantes de mes deux petits monstres. Cela montre une certaine motivation. Tu as le courage de te battre, ce qui n'est pas le cas de tous ceux qui rêvent de devenir des héros. Et surtout… il y a en toi quelque chose de différent. Une étincelle, un souffle, une inspiration. Tu sembles bien celui que j'espérais rencontrer. Xélor seul sait depuis combien de temps je patiente dans ces marais…

Nous aurons l'occasion de parler de ton destin quand tu viendras me rendre visite sans l'aide de l'Orbalantyr. Mais d'abord, tu as un Dofus qui t'attend. Le Dofus Émeraude, l'œuf d'Aerafal, dragon de l'air et des vents. Le Dofus détenu par le Dark Vlad. »

Vous écoutez Mériana avec attention, buvant ses paroles. Vous remarquez à peine les gobelins qui quittent la pièce clopin-clopant.

« Le seigneur de la forêt Maléfique est un adversaire bien plus redoutable que Lired et Arlo. Tu n'as aucune chance de survivre à un affrontement contre lui. Heureusement pour toi, il existe un moyen de faire pencher la balance en ta faveur : les Écailles de Prysmaradoth. »

La magicienne pointe sa baguette vers un grimoire usé par les ans. Le livre s'ouvre et flotte vers vous, comme s'il était tenu par une main invisible.

Le texte qui apparaît sur les feuilles jaunies est écrit dans une langue que vous ne comprenez pas. Un symbole représentant un triangle et quatre formes irrégulières est dessiné sur l'une des pages.

« Incrustées dans un pendentif en obsidienne, les écailles accordent des vertus à leur porteur. Le courage, l'endurance, la férocité... La dernière écaille a été perdue. Les trois autres sont cachées sur Incarnam.

Si tu réunis les trois écailles, tu hériteras de leurs pouvoirs. Tu seras alors assez fort pour combattre le Dark Vlad. »

On dirait bien que vous allez devoir vous lancer dans une nouvelle quête... Vous demandez à Mériana si elle sait où trouver les Écailles de Prysmaradoth. La magicienne fait un geste.

Strig vient se poser sur le bras de sa maîtresse.

« Oui, je le sais, et je vais te le révéler. Pendant que tu cherches les écailles, Strig cherchera le pendentif.

Ma fidèle amie peut atteindre des endroits inaccessibles… Lorsqu'elle aura récupéré le triangle d'obsidienne, elle te l'apportera. Tu n'auras qu'à l'attendre sur l'Aire de l'Envol, au crépuscule. »

La voix de Mériana se fait plus faible, comme si elle s'éloignait.

« Le pouvoir de l'Orbalantyr s'épuise… Approche-toi. »

Mériana vous murmure quelques phrases à l'oreille. Une brume iridescente vous enveloppe. Bientôt, vous ne distinguez plus rien autour de vous.

Vous clignez des paupières. Vous êtes de retour sur Incarnam, dans la salle de l'Orbalantyr.

Allez en 144.

174

Il est de notoriété publique que les grands méchants aiment dévoiler leurs plans machiavéliques à leurs adversaires. Vous espérez que le Dark Vlad ne manquera pas à la règle…

« Voilà donc encore une âme aventureuse qui cherche à me défier… Tu as apprécié la poupée incendiaire, j'espère ? Le Bwork mage qui l'a créée m'en a fabriqué tout un stock. Il a torturé plusieurs Sadidas en les privant de sommeil pour leur soutirer le secret de leurs invocations.

Quel est cet esprit qui t'accompagne ? Ah, mais je te reconnais, le Sram… Ça ne t'a pas suffi de succomber une première fois, tu en redemandes ? Je vais me faire un plaisir de t'incinérer à nouveau. »

Oskar pousse un petit cri et va se cacher derrière vous. Le Dark Vlad éclate d'un rire cruel.

« Ha ha, quel courage ! Toi, le spectre, tu es comme la plupart des pseudo-héros : un pleutre qui se vante dans les tavernes, mais qui claque des dents quand il est confronté au danger. Ton compagnon de route, en revanche… semble déterminé. Tant mieux, ce sera un peu plus divertissant de le réduire en cendres. »

Vous vous redressez fièrement, et vous soutenez le regard brûlant du Dark Vlad. Vous lui dites qu'il n'aurait jamais dû quitter son repaire dans la forêt Maléfique. Qu'est-il venu chercher sur Incarnam ?

« Quelque chose qui m'appartient, et que le temps m'a dérobé. Mais je n'ai pas à répondre à tes questions. Tu n'es qu'un Kerubim qui aurait mieux fait de cuver sa limonade plutôt que de fourrer son nez crotté dans mes affaires. Quand j'en aurai fini avec toi, quand le rituel sera accompli, j'irai brûler la tour de la milice céleste en représailles. »

Vous sentez une colère froide vous envahir. Il est temps de montrer au Dark Vlad ce qu'est un héros, un vrai.

Vous êtes prêt à en découdre ? ***Allez en 122.***

175

Vous pouvez utiliser votre pouvoir magique à la fin de chaque paragraphe, et ce pendant toute la durée du combat.

Si vous possédez une épée Tulante et que vous choisissez de vous en servir pour disputer ce combat, feuilletez rapidement les pages de ce livre, puis arrêtez-vous au hasard. Regardez le dernier chiffre du numéro de la page de droite. Si ce chiffre est 5, 7 ou 9, vous récupérez 1 Point de Vie.

Le Milimilou est accompagné d'un chafer, d'un

sanglier et d'une grosse larve orange qui semblent tous particulièrement hargneux. Tandis que le gros poilu reste en retrait, les trois créatures vous sautent dessus avant que vous ayez eu le temps de dire ouf… ou plutôt ouille.

Vous perdez 1 Point de Vie, à moins que vous ne soyez armé d'un marteau de Boisaille, auquel cas un moulinet bien placé repousse vos adversaires et vous évite d'être blessé.

Comment réagissez-vous à cette situation qui pourrait vite devenir désespérée ?

Vous tentez de passer derrière les rangs adverses pour atteindre le Milimilou. ***Allez en 34.***

Vous vous mettez sur la défensive pour contenir les assauts des créatures. ***Allez en 147.***

Si vous avez un pot de confiture intact dans votre sac, ***allez en 63****.*

176

Après une longue marche qui vous semble plutôt courte, tant votre esprit est en ébullition, vous parvenez au pied de la tour des Kerubims. Hormis quelques flaques d'eau et des bannières alourdies par le poids de l'humidité, il n'y a guère de traces de l'orage qui a éclaté le soir précédent.

Lorsque vous poussez la porte de la tour, vous surprenez le capitaine en train de déjeuner. Il vous accueille avec soulagement.

« Te voilà ! Tu m'as fait peur, recrue. On m'a rapporté que tu avais tenu à finir ta mission alors que l'orage menaçait… Je ne t'aurais pas blâmé de rechercher le réconfort de la taverne ! Ceci dit, sache que j'apprécie ton sens du devoir. Tous les miliciens n'ont pas ton abnégation. Prends ces quelques kamas, tu boiras des chopes de limonade à la santé de la milice. »

Vous gagnez 4 kamas.

« Tu as pu trouver un abri durant la tempête ? Tu as l'air épuisé. Assieds-toi, et mange un morceau. »

Vous engloutissez plusieurs tranches de pain que vous trempez dans du lailait aux épices. **Vous récupérez 1 Point de Vie.**

Tout en vous restaurant, vous faites le compte-rendu de votre patrouille, et vous racontez votre combat contre l'arakne. Puis vous évoquez votre rencontre avec le Sram.

« Eh bien, tu as passé une nuit bien étrange, et fort mouvementée… On dit que des spectres hantent parfois le cimetière, mais j'ignorais que des fantômes de Srams erraient sous nos pieds ! Il cherchait un Dofus, dis-tu ? Il n'y a pas de Dofus sur Incarnam. La mort est une expérience traumatisante. L'esprit que tu as rencontré n'était pas seulement perdu, il avait aussi probablement perdu l'esprit. »

Le capitaine ne semble pas convaincu par votre histoire. Vous décidez de lui parler du Dark Vlad et de Mériana.

Allez en 45.

177

Tout le monde sur le pont ! Vous bondissez pour attaquer les squelettes qui font rempart de leurs os, vous empêchant d'aller de l'avant. Bien évidemment, ils ne se laissent pas faire.

Si Nybi n'est pas à vos côtés, **vous perdez 1 Point de Vie**. Si le milicien vous a accompagné dans votre course folle vers le tombeau, c'est lui qui prend les coups à votre place. Après tout, vous l'avez payé pour cela.

Et les deux autres chafers qui vous poursuivaient ? Eh bien, ils sont toujours là, et ils ne jouent pas aux osselets dans leur coin. Ils préfèrent jouer avec vous. Vous tentez tant bien que mal de parer leurs assauts, mais il est difficile d'être partout à la fois.

Vous perdez 1 Point de Vie supplémentaire. Pourquoi tant de haine ?

Vous tenez votre position. ***Allez en 221.***

Vous tentez une roulade pour vous éloigner de tous ces sacs d'os, et ce sans tomber du pont, ce qui serait fâcheux. ***Allez en 67.***

178

Vous voilà devant une arche de pierre, au pied d'un escalier. Deux statues d'aigle céleste ornent les piliers placés de chaque côté. Vous êtes à l'entrée du temple dont a parlé Oskar.

Vous montez l'escalier. Si vous n'avez jamais visité le temple, ***allez en 6****. Dans le cas contraire,* ***allez en 70****.*

Vous préférez suivre le tunnel vers le nord-ouest. ***Allez en 141.***

179

Vous frappez encore et encore. L'ectoplasme pare avec son bouclier, tel un automate. En le maintenant sur la défensive, vous l'empêchez de faire autre chose que de réagir à vos assauts, mais cela vous permet juste de gagner du temps.

Vous bondissez à l'intérieur du tombeau pour piétiner le squelette et vous emparer du bouclier de métal. ***Allez en 186.***
Vous cessez de vous battre, et vous baissez votre arme. ***Allez en 121.***

180

Ruisselant sous le déluge qui tombe du ciel, le pont est particulièrement glissant… et les bourrasques soufflant de manière imprévisible le transforment en piège mortel. Mais vous n'avez pas le choix, vous devez traverser.

Vous avancez pas à pas, vous agrippant aux cordages. Vous manquez de perdre l'équilibre à plusieurs reprises, mais en progressant lentement, vous limitez les risques de chute.

Vous êtes presque arrivé de l'autre côté du pont lorsque, soudain, les cordes qui maintiennent la planche sur laquelle vous vous appuyez cèdent sous votre poids.

La planche tombe dans le vide, et vous avec. Est-ce la fin ?

Non ! Vous avez réussi à saisir de justesse le bord d'une planche encore solidement fixée. Vous avez l'impression que l'on enfonce un fer rouge dans votre épaule. **Vous perdez 2 Points de Vie.**

Au prix d'un effort titanesque, vous parvenez à surmonter la douleur et à vous hisser à la force des bras.

Vous rampez jusqu'à l'extrémité du pont pour rejoindre l'îlot. Vous avez réussi !

Vous vous relevez péniblement pour vous faufiler à l'intérieur du pic rocheux.

Allez en 24.

181

Vous retirez 3 kamas de votre bourse.

Nybi empoche l'argent avec un air satisfait. Ce qui ne vous satisfait pas.

En tant qu'adepte de Sram, le Grand Sournois,

vous n'aimez pas que l'on vous fasse les poches. Vous préférez faire celles des autres.

Maître dans l'art de la patience, vous décidez d'attendre le bon moment.

« Je passe devant, tu vas couvrir mes arrières. Prends ça, tu risques d'en avoir besoin. »

Le milicien vous donne une potion de mini-soins. Vous pouvez l'utiliser tout de suite : dans ce cas, **vous récupérez 1 Point de Vie**.

Vous pouvez également la mettre dans votre sac. **L'objet occupe une case de votre inventaire, vous devez donc disposer d'un emplacement libre, à moins que vous ne possédiez d'autres potions identiques, auquel cas elles se rangent toutes dans la même case.**

« On va courir vers l'est jusqu'au pont des os courts. C'est parti ! »

Nybi s'élance, sa hallebarde à la main. Il bouge plutôt rapidement malgré sa lourde cuirasse. Vous êtes particulièrement vif et agile, vous n'avez donc aucun mal à le suivre… et à lui subtiliser sa bourse qui pend généreusement à sa ceinture. Quel fourbe vous êtes !

Vous récupérez vos 3 kamas, et vous gagnez 2 kamas supplémentaires.

Au fur et à mesure que vous progressez, des chafers sortent de terre et vous prennent en chasse. Des vivants à massacrer, ça ne se refuse pas !

Vous parvenez à rejoindre le pont. Deux squelettes vous barrent le passage.

« Je me charge de ceux-là. Occupe-toi de ceux qui sont derrière nous ! »

Deux autres chafers se rapprochent en agitant leurs épées rouillées.

Vous vous préparez à l'inévitable combat. ***Allez en 124.***

182

L'arakne saute vers vous, puis rebondit sur la paroi pour se laisser tomber à vos pieds. Elle crache un flot de fils baveux sur vos chevilles avant de bondir en arrière.

Vous ne pouvez plus vous déplacer, et vous êtes littéralement dos au mur. Il est temps de réagir, sans quoi le combat risque de mal finir, du moins pour vous.

Vous tentez d'arracher la toile gluante qui vous empêche de bouger. **Allez en 135.**
Vous décidez de faire le mort et vous vous écroulez en poussant un râle d'agonie. **Allez en 92.**

183

Vous êtes revenu à l'intérieur de la tour des Kerubims. Vous allez prendre vos ordres auprès du capitaine, qui est en train d'examiner une carte.

« Te voilà de retour ! Les potions de Grobid ne sont-elles pas fantastiques ? Dans certaines circonstances, leur pouvoir est inopérant, mais elles fonctionnent la plupart du temps... Ce n'est pas le cas de toutes les potions alchimiques. Si un charlatan te propose d'acheter à prix d'or un élixir pour garder la forme, ne dépense pas tes kamas. Mieux vaut recourir aux bonnes vieilles méthodes : faire cent pompes sur un doigt au petit matin !

Mais assez bavardé. Comme nous en sommes convenus, tu vas faire le tour d'Incarnam pour ta première mission de Kerubim. Rassure-toi, je ne te demanderai pas de le faire en courant avec un sac de pierres sur le dos. Tu vas simplement t'assurer que tout va bien. »

Le capitaine vous tend une carte pliée.

« Si tu hésites sur le chemin à prendre durant ta patrouille, consulte ce plan. Sois de retour avant le coucher du soleil pour me faire ton rapport. Les promenades nocturnes sont déconseillées sur Incarnam, car il est facile de faire un faux pas et de tomber dans le vide quand on ne voit pas où l'on met les pieds. »

*Vous saluez le capitaine en claquant des talons. Commencez votre patrouille et **allez en 153**.*

184

Vous interrogez Oskar à propos de la poupée. Le vieux Sram cesse de se lamenter sur son sort et s'aperçoit de la présence du pantin de tissu.

« Nom d'une bourse aplatie ! C'est l'une de ces horribles choses qui m'a rôti comme un poolay ! Ne t'approche pas, sinon elle va se réveiller et se ruer sur toi pour te cuire à feu vif ! »

Oskar recule vers le fond de la caverne. La poupée ne semble pas faire attention à lui.

« On dirait qu'elle ne se préoccupe pas des spectres dans mon genre… mais elle va sans doute réagir dès que tu chercheras à sortir. On doit se débarrasser d'elle ! »

Vous réfléchissez. Puis vous vous apercevez que la solution au problème se trouve juste derrière vous.

Vous détachez le bouclier de Kardorim de vos épaules. Haut d'un kamètre, c'est un pavois de héros. Il devrait vous fournir une protection adéquate.

Vous vous avancez lentement vers la poupée. Comme l'a prédit Oskar, la figurine rembourrée s'anime brusquement lorsqu'elle détecte votre présence. Elle court dans votre direction.

Au moment où elle arrive près de vous, vous plantez le bouclier au sol et vous vous recroquevillez derrière.

La poupée se désintègre en une énorme boule de feu. Le pavois rougeoie comme une lame plongée dans le four d'une forge. Vous le lâchez avant de reculer. Vous êtes indemne, mais le bouclier de Kardorim n'a pas votre chance. Il a néanmoins rempli son rôle : vous éviter de finir en saucisse grillée.

Supprimez le bouclier de Kardorim de votre inventaire.

Après ce petit échauffement, il va être temps de passer aux choses sérieuses. ***Allez en 118.***

185

Parmi les blocs fumants qui constituaient le torse de l'élémentaire, vous remarquez une pierre fendue en deux. Un éclat d'un bleu profond est incrusté dans l'un des morceaux. À y regarder de plus près, il ne s'agit pas d'une gemme, mais d'une écaille…

Vous n'en croyez pas vos yeux. Vous retirez l'écaille de la roche, puis vous la placez dans le dernier logement vide du triangle d'obsidienne. Le pendentif se met à briller d'une lueur intense.

Notez sur votre feuille de route que vous possédez la quatrième Écaille de Prysmaradoth.

Un sentiment de plénitude vous envahit. Vous vous sentez plus calme, plus réfléchi. Oskar, en revanche, est toujours aussi survolté.

« Hey, tu t'es endormi ? Bravo pour ta victoire, mais je te rappelle qu'on a une mission capitale à remplir ! Viens par ici ! »

Vous vous dirigez vers le portail. Si le Sram vous a déjà parlé de la statuette, ***allez en 83****. Dans le cas contraire,* ***allez en 190****.*

Si vous préférez aller examiner les grands cristaux près de l'autel, ***allez en 50****.*

186

Vous bondissez par-dessus le rebord de pierre et vous atterrissez parmi les ossements de Kardorim. À peine avez-vous posé la main sur le bouclier que vous êtes projeté dans les airs.

Vous retombez lourdement sur le sol dallé, à quelques kamètres de la sépulture. **Vous perdez 1 Point de Vie.**

Le fantôme vous fixe du regard. Une vague de peur déferle dans votre esprit. Vous ne pensez plus qu'à une chose : fuir, fuir à tout prix !

Tandis que vous vous relevez, vous avez l'impression d'être pris dans une toile de ténèbres qui vous glace les os. Vous hurlez. **Vous perdez 1 Point de Vie supplémentaire.**

S'il vous reste encore un souffle de vie, vous parvenez à atteindre l'entrée de la crypte. Vous constatez avec soulagement que le revenant ne se lance pas à votre poursuite… mais il est toujours là, devant le tombeau ouvert.

Au-dehors, vous entendez les ricanements des chafers.

Vous n'avez pas le choix. Vous devez vaincre le spectre de Kardorim pour vous emparer de l'écaille incrustée dans le bouclier !

*Rassemblez votre courage. Pour affronter de nouveau le fantôme, **allez en 140**.*

187

Le Dark Vlad éclate d'un rire sinistre.

« Cela fait bien longtemps que je ne m'étais pas autant amusé avec l'une de mes proies. Tu es un dur à cuire ! Je vais être bon prince et te laisser reprendre tes esprits. Quand tu seras prêt pour le deuxième round, préviens-moi ! »

Le poids sur votre poitrine disparaît. **Votre nombre maximum de Points de Vie revient à sa valeur normale, mais vous ne récupérez pas les Points de Vie perdus durant la bataille.**

Si vous avez besoin de panser vos blessures, vous êtes libre d'utiliser une potion de soins. Vous pouvez aussi boire une potion de Grobid s'il vous en reste une. Quand vous serez prêt à reprendre le combat, ***allez en 122****.*

188

Le gobelin ne peut plus fuir. Il tente de vous planter son javelot dans la cuisse, mais vous l'évitez aisément.

Constatant que la pile de livres est plus haute que votre adversaire, vous utilisez votre arme pour faire tomber les lourds ouvrages reliés de cuir. Enseveli sous une avalanche de mots trop compliqués pour lui, le gobelin déclare forfait.

Mais ce n'est pas le cas de son acolyte. Poussant un cri strident, Arlo – ou Lired, peu importe – bondit pour vous donner un grand coup de gourdin sur le crâne. Vous voyez trente-six chandelles. **Vous perdez 2 Points de Vie.**

Heureusement, vous avez la tête dure. Très dure. Furieux, vous arrachez l'arme des mains du gobelin. Il vous fait un grand sourire, comme s'il espérait vous amadouer. Allez quoi, si on ne peut plus plaisanter…

Vous montrez votre sens de l'humour en décorant le front du nabot avec une énorme bosse.

Les deux gobelins sont au tapis. Si vous êtes toujours en vie, vous avez gagné.

Allez en 173.

189

Vous attaquez le Dark Vlad avec une violence qui le surprend agréablement. La pression sur votre poitrine vous épuise. Vous serrez les dents, puisant de l'énergie tout au fond de vous pour ne pas vous écrouler.

Soudain, vous apercevez Oskar du coin de l'œil. Il tente de se glisser dans le dos du Dark Vlad. Il mijote quelque chose.

La magicienne encapuchonnée sort de sa transe et lance un sortilège : le vieux Sram s'arrête brusquement, puis il reste figé sur place, regardant dans le vide d'un air hébété.

Le Dark Vlad choisit ce moment pour déchaîner le feu de son épée sur vous.

« Meurs, héros de pacotille ! »

La chaleur est intense. La douleur l'est tout autant. **Vous perdez 2 Points de Vie.**

Est-ce la fin ? Pas s'il vous reste un souffle de vie, mais il est probable que vous ne tiendrez pas longtemps.

Vous reculez lentement. ***Allez en 29.***

Vous vous enfuyez vers l'escalier de pierre. ***Allez en 139.***

190

Oskar a l'air perplexe. Il passe et repasse sous le portail magique en forme d'arche.

« Ça ne fonctionne plus ! Je l'ai déjà emprunté, pourtant… Raaah, c'est rageant ! Si Xelorat était là, elle le réparerait en moins de deux. Mais il faut qu'on se débrouille sans elle. Tu n'as pas des outils de crochetage sur toi, par hasard ? Hum non, ça ne servirait à rien, oublie ce que j'ai dit. »

Vous examinez la structure du portail. Les blocs de pierre sont ornés de runes, à l'exception d'un seul, de teinte plus sombre, qui est creusé d'une niche.

Oskar désigne l'emplacement vide.

« Une statuette ! Il faut placer une statuette à cet endroit… J'en avais récupéré une quelque part dans les souterrains… ou dans le village des craqueleurs, je ne me rappelle plus. Fichue mémoire ! Elle me joue des tours depuis mon trépas, j'ai tendance à oublier certains détails. Pourtant, je me souviens de mon numéro de compte en banque, et aussi de la couleur des sous-vêtements de la serveuse de la taverne du Chabrulé… quoi ? Non, je ne te donnerai aucune de ces informations ! »

Vous haussez les épaules et vous vous concentrez sur le problème du portail.

Allez en 83.

191

En suivant les instructions d'Oskar, qui a déjà manœuvré un ballon céleste à plusieurs reprises, vous vous élevez dans le ciel nocturne d'Incarnam.

« Ah, je me souviens de la première fois où je me suis envolé pour Astrub, l'une des plus belles cités du Monde des Douze… Ça tanguait comme pas possible, j'ai bien cru que la nacelle allait se décrocher et flotter à tout jamais dans le Krosmoz ! Ha ha, tu es tout pâle ! Ne t'en fais pas, avec moi comme commandant de bord, tu es sûr d'arriver à bon port. J'imagine que tu n'as jamais vu la Queue du Dragon ? »

Un peu inquiet, vous lui répondez qu'il imagine bien.

« À part les aigles célestes et quelques explorateurs audacieux, plus personne ne va là-bas depuis très longtemps. Il faut dire que l'endroit est plutôt inhospitalier. Vent et rocaille, rocaille et vent… Sans compter qu'il ne faut pas avoir peur du vide !

Bon, on va entamer notre descente le long de la falaise. Je te propose de suivre la direction que j'ai prise lors de mon dernier voyage. C'est un peu plus risqué, mais on sera arrivé en un rien de temps, tu verras. J'ai un sens de l'orientation infaillible… tant que je ne perds pas le nord ! Hé hé hé ! »

Vous hésitez. Les nuages se font plus rares à cette altitude, la visibilité n'est pas si mauvaise… pour un vol de nuit. Mais malgré la lumière de la lune et des étoiles, vous risquez de déchirer le ballon sur des pics rocheux en volant trop près de la paroi.

D'un autre côté, si vous vous éloignez, vous pouvez être emporté par des courants aériens et vous retrouver pris dans un ouragan, voire une tempête krosmique… Allez-vous vous fier aux vents d'Incarnam ?

Vous décidez de prendre un peu de distance et de vous laisser guider par les vents. **Allez en 246.**

Vous faites confiance à Oskar et vous vous rapprochez de la falaise. **Allez en 101.**

191 *Le voyage en ballon céleste.*

192

L'orage arrive beaucoup plus vite que vous ne vous y attendiez. À peine avez-vous atteint les premiers champs de blé que des trombes d'eau s'abattent sur Incarnam. Le ciel gris prend la couleur de l'obsidienne, comme si la nuit était tombée d'un seul coup. Les vents tourbillonnent autour des épines de pierre. Une pluie cinglante fouette votre visage.

Vous continuez à avancer péniblement, mais vous vous rendez bientôt compte que vous êtes perdu. Vous essayez de vous repérer à l'aide de votre carte, mais vous ne parvenez pas à déterminer quelle est votre position.

S'il vous reste encore des potions de Grobid, vous en cherchez une dans votre sac. Vous constatez alors avec effarement que les fioles n'émettent plus aucune lumière. Vous vous rappelez les paroles du capitaine et de Grobid : dans certaines circonstances, le pouvoir alchimique des potions ne fonctionne plus…

Vous ne pouvez plus vous téléporter à la taverne en utilisant une potion de Grobid. Cette limitation durera jusqu'à l'indication du contraire.

Vous errez au hasard pendant ce qui vous semble une éternité. Des éclairs illuminent la voûte sombre au-dessus de vous. Pendant quelques secondes, vous croyez distinguer une gigantesque forme ailée dans le ciel noir. Mais ça n'est une fois de plus qu'une illusion.

Vous continuez à avancer vaille que vaille. ***Allez en 71.***

Vous vous arrêtez et vous cherchez un endroit pour vous abriter. ***Allez en 161.***

Si vous êtes un Crâ, ***allez en 88****.*

193

Vous pouvez utiliser votre pouvoir magique à la fin de chaque paragraphe, et ce pendant toute la durée du combat.

Avec sa tête en forme de sac et son armure en tissu élimé, l'épouvantail ne semble pas bien redoutable. À moins qu'il n'ait une botte de paille secrète, vous devriez parvenir à le réduire en charpie. Planté devant vous, droit comme un piquet, le mannequin semble disposé à vous laisser porter le premier coup. Rares sont les ennemis qui vous feront ce genre de politesse.

Vous attaquez timidement pour jauger votre silencieux adversaire. ***Allez en 159.***

Vous vous élancez en poussant un cri de guerre et vous chargez tel un bouftou agacé par un moskito. ***Allez en 120.***

194

Vous êtes submergé par une vague d'émotions. C'est plutôt étrange, car elles ne viennent pas de vous. Vous ressentez de la tristesse, mais aussi du soulagement, ainsi qu'une once de gratitude… puis tout cela disparaît, et il ne reste que le silence.

Vous vous approchez du tombeau. L'écaille dorée pour laquelle vous vous êtes battu est toujours là. Sertie au centre du bouclier, elle brille sous la lumière des torches de la crypte.

Vous parvenez à détacher l'écaille, puis vous la rangez dans votre bourse. **Notez sur votre feuille de**

route que vous possédez l'Écaille de l'endurance.

Si vous le souhaitez, vous pouvez prendre le bouclier de Kardorim : vous l'avez gagné par votre victoire. Il est trop lourd pour que vous puissiez le manier efficacement en combat, mais il aura peut-être son utilité.

Vous le transporterez sur votre dos. **L'objet occupe une case de votre inventaire, vous devez donc disposer d'un emplacement libre.**

Vous remarquez la présence d'autres objets dans la sépulture : des vases funéraires, des offrandes, des souvenirs témoignant de la vie bien remplie de l'ancien chef de la milice céleste. Mais vous n'êtes pas venu ici dans l'intention de piller les tombes pour vous enrichir. Et vous avez fait une promesse au capitaine des Kerubims.

Vous sortez de la crypte. Il n'y a nulle trace des chafers.

Si Nybi vous avait accompagné dans le cimetière, il se tient là, sa hallebarde à la main, nonchalamment appuyé contre une stèle. Comprenant que vous avez trouvé ce que vous cherchiez, il vous propose de quitter les lieux sans tarder.

Une fois sorti du cimetière, vous devez choisir ce que vous allez faire ensuite.

Si vous n'avez pas encore trouvé l'Écaille du courage, vous pouvez partir à sa recherche et ***aller en 137****.*

Si vous préférez vous mettre en quête de l'Écaille de la férocité, ***allez en 227****.*

Si vous avez réuni les trois Écailles de Prysmaradoth, ***allez en 134****.*

195

« Euh… on s'est pas arrêté à ce croisement y'a cinq minutes ? Bah, je dois me tromper. »

Vous vous dites que ce n'est pas forcément une mauvaise chose qu'Oskar ne vous guide pas.

Trois couloirs différents partent de la bifurcation où vous vous trouvez. Lequel allez-vous emprunter ?

Le tunnel sud-est ? ***Allez en 214.***

Le chemin sud-ouest ? ***Allez en 9.***

Le couloir nord-ouest ? ***Allez en 123.***

196

Une petite flamme s'agite aux pieds du Iop. Il s'accroupit pour la contempler.

« Voilà tout ce qui reste du Dark Vlad. Désormais, il ne fait plus partie de moi. La haine et la soif de vengeance m'ont quitté. »

Oskar pousse un cri de surprise.

« Par le coccyx de mon cousin Félix ! Le Dark Vlad, c'était vous ? Durant toutes ces années, vous étiez possédé ? »

Goultard sourit en voyant l'air ahuri du Sram.

« Certains d'entre nous ont des personnalités complexes, à multiples facettes. Disons que, chez moi, c'était encore un peu plus compliqué… et envahissant. »

Le Iop s'approche du Dofus Émeraude et le prend entre ses mains avec précaution. Puis il s'approche de vous.

« Le Dark Vlad est devenu le gardien de ce Dofus pour de mauvaises raisons. Je n'ai aucun droit de le conserver. Il lui faut un nouveau gardien… ce sera toi, si tu acceptes. »

Le barbare vous tend le Dofus Émeraude. L'œuf d'Aerafal brille d'une douce lueur verte.

Vous recevez le Dofus des mains de Goultard. Votre souhait s'est réalisé. Vous avez du mal à le croire.

Le Sram, quant à lui, a surtout du mal à cacher sa satisfaction.

« Bravo, champion ! Je n'ai jamais douté de toi ! Enfin, presque jamais. On a tous nos petits moments de doute, hein !

Bon, c'est pas tout ça, mais qu'est-ce qu'on fait de la sorcière ? Ça vous dit de la jeter du haut de la plate-forme ? On pourrait aussi la brûler, ça se faisait beaucoup à une époque ! »

La silhouette en robe noire s'approche lentement de vous. Elle ne s'appuie plus sur son bâton. Puis elle retire la capuche qui lui cache le visage.

Oskar pousse un hoquet de surprise.

Allez en 86.

197

Vous rasez les murs, essayant de ne pas succomber à l'angoisse que vous inspire le spectre de Kardorim. C'est malheureusement plus facile à dire qu'à faire. Vous croyez entendre les gémissements de toutes les âmes qui hantent le cimetière. N'est-ce pas un glas qui vient de retentir ? Et cette odeur nauséabonde qui monte à vos narines… ce mélange de putréfaction et de poussière… c'est insupportable.

Vous courez vers l'entrée de la crypte pour prendre l'air. ***Allez en 103.***

Vous hurlez à la fois de rage et de peur, puis vous vous jetez sur le fantôme de tout votre poids. ***Allez en 126.***

198

Unique témoin des hostilités, Oskar prie Sram pour votre salut.

C'est le choc des Titans !

La terre contre la chair, le feu contre la fureur, l'eau contre le sang, l'air contre le souffle… Sans le pendentif en obsidienne, la lutte aurait été inégale. Mais vous êtes investi du courage, de l'endurance et de la férocité des Écailles de Prysmaradoth. Cela équilibre la balance.

L'affrontement est court, mais violent. **Vous perdez 2 Points de Vie.**

La mort n'a pas voulu de vous ? Elle n'a pas non plus emporté votre adversaire, si tant est qu'il puisse mourir.

Quoi qu'il en soit, le combat se termine par un match nul. Peut-être fatigué de recevoir des coups, l'élémentaire se retire dans les eaux du lac souterrain. N'ayant pas de branchies dans votre équipement d'aventurier, vous le laissez partir.

Oskar remercie Sram de vous avoir épargné, et il vous demande de le rejoindre près du portail.

Vous vous dirigez vers le portail. Si Oskar vous a déjà parlé de la statuette, ***allez en 83****. Dans le cas contraire,* ***allez en 190****.*
Si vous préférez aller examiner les grands cristaux près de l'autel, ***allez en 50****.*

199

Dans la salle d'armes de la tour des Kerubims, le sergent vous apprend que le capitaine est parti sécuriser l'Aire de l'Envol. Une attaque aurait eu lieu, mais il n'a pas plus de détails.

Vous vous hâtez vers l'est. Dans la plaine, les animaux sont plus craintifs qu'à l'accoutumée. Quelque chose ne va pas.

Lorsque vous arrivez à destination, vous constatez que les ponts sont sous bonne garde. Vous apercevez le capitaine qui donne des ordres à plusieurs miliciens. Il semble soucieux.

Lorsqu'il se rend compte de votre présence, il vous fait signe d'approcher.

« Eh bien, recrue, as-tu trouvé ce que tu cherchais dans le sous-sol de la tour ? »

Le capitaine vous regarde d'un air indéchiffrable. Il tend la main, semblant attendre quelque chose de votre part.

Vous fouillez dans votre poche, et vous lui donnez la clé de la salle de l'Orbalantyr.

« J'imagine que tu as parlé à la magicienne… Sache que je n'attends pas de toi que tu justifies le moindre de tes actes. Comme nous tous, tu as un destin à accomplir. Mon but n'est pas de te barrer la route.

Nous avons un problème ici. L'Aire de l'Envol a été attaquée par des chafers. C'est inhabituel, car d'ordinaire ces créatures ne sortent pas du cimetière. Je suis sûr que le Dark Vlad a quelque chose à voir là-dedans. Il possède un lien particulier avec les créatures de la nuit.

Mais tu me sembles toi-même préoccupé. Y a-t-il quelque chose dont tu veux me parler ? »

Admiratif devant la clairvoyance du chef des Kerubims, vous évoquez le nom de Kardorim. Le capitaine ne parvient pas à cacher sa surprise.

« C'est Mériana qui t'a parlé de lui ? Il est mort il y a presque quarante ans. C'était un grand guerrier, solide comme un roc. Il m'a tout appris, et il a fait de moi ce que je suis aujourd'hui. »

Vous demandez au capitaine s'il sait quelque chose à propos de l'Écaille de l'endurance.

« Kardorim portait un bouclier orné d'une écaille magique. Il a été enterré avec lui… Je n'aime pas que l'on trouble le repos des défunts, quels qu'ils soient. Mais si tu dois récupérer l'Écaille… je te demande… de respecter le tombeau de Kardorim. M'as-tu compris ? Je ne peux pas t'accompagner, on a besoin de moi ici. »

Vous hochez la tête, promettant au capitaine de faire selon sa volonté.

Alors que vous vous apprêtez à quitter l'Aire de l'Envol, vous remarquez un objet insolite attaché à une caisse de bois. Cela ressemble à une outre de cuir, mais elle flotte dans l'air de la même façon que les ballons célestes.

Si vous ne possédez pas déjà une outre de vent, vous pouvez mettre celle-ci dans votre sac. **L'objet occupe une case de votre inventaire, vous devez donc disposer d'un emplacement libre.**

Vous partez pour le cimetière. ***Allez en 242.***

200

Votre victoire sur le pont semble avoir eu son petit effet sur les chafers du cimetière : vous avez gagné quelques instants de répit. Mais il est plus que probable que cela ne durera pas.

Vous vous hâtez vers l'est. Vous arrivez devant un tombeau de pierre au toit pentu. Il n'y a pas de porte, ni de grille protégeant l'entrée.

Vous pénétrez dans le tombeau. ***Allez en 10.***

201

Vous profitez de cet instant de répit pour fouiller les débris de la cage. Vous découvrez un squelette humain. Ses ossements sont étrangement déformés. Le squelette porte un collier à pointes semblable à celui que l'on met aux chienchiens… certains ont vraiment des goûts désastreux en matière de bijoux.

Mais ce qui attire le plus votre attention, c'est la pierre rouge fixée au collier… À y regarder de plus près, ce n'est pas une pierre, mais une écaille d'un rouge profond… le symbole de la férocité !

Vous détachez l'Écaille, puis vous la rangez dans votre bourse. **Notez sur votre feuille de route que vous possédez l'Écaille de la férocité.**

Vous trouvez également un petit coffret dans la cage. Il contient de vieilles pièces de monnaie. **Vous gagnez 5 kamas.**

Vous quittez le donjon, saluant distraitement les aventuriers venus se dégourdir les muscles et pourfendre des monstres assoiffés de sang.

Une fois dans la plaine, vous réfléchissez à ce qu'il vous reste à faire pour avancer dans votre quête.

Si vous n'avez pas encore trouvé l'Écaille du courage, vous pouvez partir à sa recherche et ***aller en 137****.*

Si vous préférez vous mettre en quête de l'Écaille de l'endurance, ***allez en 93****.*

Si vous avez réuni les trois Écailles de Prysmaradoth, ***allez en 134****.*

202

Vous vous asseyez sur une grande pierre plate, et vous vous accordez un instant de repos. Les mouvements des flammes multicolores à la surface du lac noir vous fascinent. C'est comme si l'eau et le feu s'étaient donné rendez-vous pour un improbable mariage, pour un ballet dans un écrin de roche flottant au milieu du ciel…

Oskar vous appelle et tente de vous tirer de votre rêverie. Vous l'entendez à peine, hypnotisé par les feux qui brûlent sur le lac.

Soudain, le rocher sur lequel vous êtes assis se met à trembler. Vous êtes soulevé comme un fétu de paille avant de retomber sur les galets du rivage.

Vous vous retrouvez face à une créature colossale faite de pierre grise ruisselante d'eau. Sa tête est auréolée de flammèches. De la fumée s'échappe de son torse massif. Le monstre semble constitué de plusieurs éléments différents.

Vous saisissez votre arme et vous attaquez cette chose contre nature. ***Allez en 95.***

Vous vous contentez de reculer. ***Allez en 36.***

203

Vous orientez vers le globe la figurine représentant un magicien qui se couvre la bouche. Le personnage se met à briller d'une lueur irisée.

Vous croyez entendre des bruits lointains provenant de l'Orbalantyr, comme des murmures portés par le vent.

Il vous faut décider dans quel ordre vous tournerez les deux autres figurines.

Vous tournez le magicien qui se couvre les yeux, puis vous terminez par celui qui se couvre les oreilles. ***Allez en 112.***

Vous tournez le magicien qui se couvre les oreilles, puis vous terminez par celui qui se couvre les yeux. ***Allez en 13.***

204

La mort ne vous fait pas peur, et les morts non plus. De leur vivant, ils étaient peut-être très sympathiques. Mais là, ils vous tapent sur les nerfs. C'est donc un juste retour des choses que vous leur tapiez dessus.

Vous désossez violemment l'un des chafers, qui, devant votre hargne, décide de retourner dans sa tombe.

Si Nybi est avec vous, il se bat courageusement contre les chafers sur le pont. Dans le cas contraire, c'est vous que les squelettes sollicitent pour payer le droit de passage. Nul besoin de kamas, votre vie suffira… Si le milicien n'est pas à vos côtés, **vous perdez 1 Point de Vie**.

L'autre squelette qui vous poursuivait, frustré par le départ de son compagnon, décide de rester pour tenter de vous soulager de tous vos problèmes existentiels. Un bon trépas, et il n'y paraîtra plus.

Vous l'attaquez brutalement, maniant votre arme avec autant de style qu'un boucher enragé. ***Allez en 44.***

Vous feintez à droite, puis à gauche, préparant la fameuse botte de votre cru que de nombreux maîtres d'armes vous envient. ***Allez en 243.***

205

Vous faites tout votre possible, mais rien n'y fait. Oskar reste un spectre, ce qui le désespère au plus haut point.

« Je ne comprends pas… Pourquoi ça ne marche pas ? Il faut que ça marche ! »

Vous réfléchissez. Des paroles prononcées par maître Yakasi, l'aigle céleste qui vous a tant appris, vous reviennent en mémoire :

« Quand une âme a accompli sa destinée, elle est libre de s'envoler. Plus rien ne la rattache au monde des vivants, et rien ne saurait la ramener. »

Vous essayez de consoler Oskar. Peut-être son heure est-elle vraiment venue. Les mortels ne sont pas éternels… son âme trouvera la paix sous d'autres cieux.

« Non, non, non et non ! Ça ne peut pas être la fin ! Mon destin est de trouver les six Dofus ! J'étais sur le point de mettre la main sur le premier… hors de question que je renonce ! »

Vous auriez dû vous en douter. Ainsi, Oskar cherchait les Dofus, tout comme de nombreux héros avant lui. Et tout comme vous.

« … Les Dofus… celui qui s'en empare obtiendra un pouvoir sans limites… voilà la solution ! Oui ! C'est ma seule chance ! »

Le vieux Sram vous désigne de son doigt squelettique et translucide.

« Toi ! C'est toi qui vas réunir les Dofus… et me ramener à la vie ! »

Allez en 247.

206

Vous montez un petit escalier de pierre. Soudain, vous entendez une voix venant de votre gauche.

« À moi… au secours ! Medik, Medik ! Où es-tu,

bon sang ? Je me vide de mon sang, là ! »

Il y a une alcôve sur le côté de l'escalier. Un Sacrieur est allongé à l'intérieur. Il semble mal en point.

Vous êtes un disciple d'Eniripsa, la Maîtresse des Compresses. Hors de question de passer votre chemin alors qu'il y a un blessé dans les parages !

Vous administrez les premiers soins au Sacrieur. Ce n'était pas si grave, juste une vilaine coupure.

« Merci l'ami ! Je me préparais à balancer un coup de pied retourné dans les gencives d'une arakne, mais un imbécile de Iop qui se battait juste à côté m'a touché avec son épée. Quel crétin… D'habitude, c'est mon ami Medik qui soigne mes petits bobos, mais je ne sais pas où il est passé. Je te dois une fière chandelle ! Tiens, voilà pour ta peine. Ne me remercie pas, c'est normal. »

Avant que vous ayez pu protester, le Sacrieur vous donne une poignée de pièces de monnaie. **Vous gagnez 3 kamas.**

« Bon, je te laisse, il faut que j'y retourne ! Bonne chance ! »

Le Sacrieur se relève et grimpe l'escalier quatre à quatre avant de disparaître en haut des marches. Sa convalescence a été plutôt rapide !

Vous montez l'escalier à votre tour. ***Allez en 14.***

207

Vous rejoignez le Sram. Ses ossements sont dans un bien triste état. La plupart d'entre eux sont carbonisés, et certains ont même été réduits en cendres.

Oskar sanglote sur ses pauvres restes. Il semble se rendre compte que vous vous tenez à côté de lui.

« Va-t'en ! Ne reste pas… »

Trop tard.

Vous avez à peine le temps d'apercevoir une petite forme à vos pieds que vous êtes pris dans un déluge de feu. C'est un peu comme si vous étiez resté devant la gueule ouverte d'un dragon sur le point d'éructer.

Peut-être vous dites-vous « les Écailles de Prysmaradoth vont me sauver ! »… Eh bien, non. Dans une fournaise pareille, seule l'Écaille d'invulnérabilité aurait pu vous sauver. Et vous ne la possédez pas, si tant est qu'elle existe.

Oskar maudit son étourderie. Il aurait sans doute dû vous prévenir… Le voilà bien puni. Et vous avec.

Si vous n'étiez pas mort, vous pourriez entendre un rire sardonique porté par le vent… mais là où vous êtes, cela n'a plus d'importance.

Votre aventure s'achève ici. Si vous souhaitez rejouer, allez en 1.

208

Vous entrez dans une sorte de caverne aménagée. Enfin, aménagée est un bien grand mot, car le confort est pour le moins rustique : des bancs de pierre, une table de pierre, un lit de pierre… Vous l'aurez compris, le mobilier est tout aussi troglodytique que la demeure.

Vous remarquez des statuettes en forme de dragon placées dans de petites niches creusées dans la roche. La sculpture est grossière, mais les objets ont un charme brut qui ravirait n'importe quel amateur d'art primitif. Quelques symboles à moitié effacés sont encore visibles.

Si vous n'avez pas de statuette dans votre sac, vous pouvez en prendre une. **L'objet occupe une case de votre inventaire, vous devez donc disposer d'un emplacement libre.**

Vous ressortez de l'habitation et vous descendez l'escalier pour entrer dans le tunnel creusé dans la falaise. ***Allez en 113.***

209

Apparemment, vous en voulez encore. Pas de problème, le Milimilou et ses amis se bousculent pour vous divertir et vous hacher menu.

Entre les coups de griffe, d'épée rouillée, de dents gluantes et de défenses souillées, **vous perdez 2 Points de Vie**.

Si vous êtes encore en vie, ça ne va probablement pas durer.

Vous tenez bon, vous êtes un héros, vous allez vous en sortir. ***Allez en 12.***

Dans un ultime sursaut, vous sortez de la mêlée et vous tentez de fuir ce combat inégal. ***Allez en 239.***

210

Les trois figurines brillent d'une vive lumière. Vous vous sentez comme aspiré par l'Orbalantyr.

Vous vous retrouvez dans une petite pièce enveloppée dans une brume épaisse. Vous distinguez des piles de grimoires, des rouleaux de parchemin, des fioles de verre alignées sur des étagères. Quelques cages vides pendent du plafond. Des rais de lumière filtrent à travers une fenêtre aux carreaux teintés de vert.

Vous tendez l'oreille. Vous croyez entendre des bourdonnements d'insectes et des clapotis.

Le brouillard se dissipe. Une vieille femme vous regarde fixement. Ses yeux semblent capables de percevoir les tréfonds de votre âme.

Allez en 237.

211

Vous poussez un petit râle, puis vous fermez les yeux.

Faire le mort pour tromper la Mort, voilà une idée digne d'un Iop. Heureusement, le ridicule ne tue pas. Il se pourrait donc bien que vous vous en sortiez sain et sauf.

« Hey, réveille-toi, je sais que tu fais semblant ! »

Vous ouvrez les yeux. Est-ce la Mort qui a parlé ? Vous pensiez qu'elle aurait une voix très grave, avec un timbre d'outre-tombe, pas une voix chevrotante de vieillard.

Vous songez soudain que ce n'est peut-être pas la Mort qui se tient devant vous. L'être ressemble plutôt à un spectre décrépit. Il flotte légèrement. Son corps squelettique recouvert d'une pèlerine irradie d'une faible lumière verte. Il porte une chaîne autour du cou et une bourse à la ceinture. Depuis quand la Mort a-t-elle besoin d'argent ?

Un Sram ! Vous êtes face à un Sram. Ou plutôt, à son fantôme, à en juger par la transparence de sa silhouette.

Quel soulagement ! Vous vous relevez péniblement. Le Sram semble lui aussi soulagé de votre résurrection. Car il a quelque chose de très important à vous demander…

Allez en 168.

212

Pour l'heure, le Dark Vlad ne semble pas décidé à vous laisser reculer. Il est encore trop tôt. Il fait un geste dans votre direction.

« Où vas-tu ? Je n'en ai pas fini avec toi ! »

Un tourbillon d'air chaud emprisonne vos jambes. Impossible de bouger. Un vent brûlant vous fouette le visage avec violence. **Vous perdez 1 Point de Vie.**

Le Iop aux cheveux de feu s'avance. Il lève son épée enflammée au-dessus de sa tête.

« Il est temps pour toi de mourir ! »

Vous ne pouvez échapper à la fournaise déchaînée par le Dark Vlad. Vous tombez à genoux. **Vous perdez 2 Points de Vie supplémentaires.**

Peut-être est-ce la fin de votre aventure… s'il reste encore un peu de vie en vous, ce n'est probablement pas pour bien longtemps.

Derrière le Dark Vlad, vous apercevez Oskar qui se tient immobile, comme sous l'effet d'un sortilège. N'espérez donc pas qu'il puisse vous venir en aide.

Dans un sursaut d'énergie désespéré, vous parvenez à vous libérer de l'étreinte des vents.

Vous vous enfuyez vers l'escalier de pierre. ***Allez en 139.***

Vous reculez lentement. ***Allez en 29.***

213

Votre attaque soudaine surprend l'arakne. L'avalanche de coups que vous faites pleuvoir sur la créature semble plus dissuasive que la lumière du lichen. Vous n'aimez pas que l'on vous crache dessus, et vous le faites violemment comprendre à cette bête immonde !

Mais l'arakne ne compte pas se laisser faire sans réagir. Elle s'aplatit pour envelopper vos chevilles dans un flot de fils baveux. Vous êtes cloué au sol, tandis que votre adversaire prend un peu de distance.

Vous décidez de faire le mort et vous vous écroulez en poussant un râle d'agonie. ***Allez en 92.***

Vous tentez d'arracher la toile gluante qui vous empêche de bouger. ***Allez en 135.***

214

Vous arrivez au pied d'un grand rocher blanc adossé contre la paroi, à l'angle du couloir.

Il y a deux directions possibles depuis cet endroit.

Vous suivez le couloir vers le sud-ouest. ***Allez en 141.***

Vous suivez le couloir vers le nord-ouest. ***Allez en 195.***

215

Vous cheminez vers l'est, croisant de temps à autre des commerçants matinaux, des sangliers poursuivis par des chasseurs et des chasseurs poursuivis par des sangliers. L'herbe d'un vert vif est humide de rosée. Sous les rayons du soleil, elle semble parée de milliers de petites perles brillantes. L'air est doux, ponctué de senteurs végétales. Vous marchez d'un bon pas dans ce cadre bucolique qui ravirait un peintre paysagiste. Et c'est en sifflotant un air guilleret que vous arrivez au pied de la tour de bois et de pierre qui abrite la garnison des Kerubims.

Vous poussez la lourde porte surmontée d'un étendard écarlate. Vous découvrez une grande salle encombrée d'armes et de boucliers. Un guerrier en armure est plongé dans la lecture d'un registre qu'il déchiffre à la lueur d'une bougie. Des bruits de lutte résonnent dans l'escalier qui mène à l'étage, mais cela ne semble pas le déranger. Son profil noble, son attitude martiale et sa barbe soigneusement taillée vous laissent penser que vous êtes en présence du capitaine des Kerubims.

secondes… le temps qu'il vous faut pour bondir vers lui dans l'espoir de le serrer dans vos bras. Dans un dernier sursaut de panique, le volatile bondit lui aussi pour s'écarter de la zone d'impact… et se cogne violemment contre une clôture en bois toute proche. Bien fait !

Occupé à compter trente-six chandelles, le tofu ne s'intéresse plus à vous. On dirait bien que vous êtes le vainqueur.

Il ne vous reste plus qu'à récupérer Jonquille. ***Allez en 81.***

217

Le capitaine s'avance et retire l'étoffe. Vous découvrez un globe de taille imposante qui repose sur trois pieds en bronze ornés de créatures fabuleuses. Sa surface n'est pas lisse : elle est recouverte de petites plaques luisantes ressemblant à des écailles.

« Voici l'Orbalantyr. Cet objet était déjà ici quand je suis devenu capitaine. Il est sans doute bien plus ancien que nous. La légende dit qu'il a été façonné à partir de l'œil d'un dragon… Tiens, prends cette fiole, tu en auras peut-être besoin. »

Le capitaine vous tend une potion de mini-soins. Vous pouvez l'utiliser tout de suite : dans ce cas, **vous récupérez 1 Point de Vie**. Vous pouvez également la mettre dans votre sac. **L'objet occupe une case de votre inventaire, vous devez donc disposer d'un emplacement libre, à moins que vous ne possédiez d'autres potions identiques, auquel cas elles se rangent toutes dans la même case.**

« L'utilisation de l'Orbalantyr n'est pas sans contrepartie. Si tu veux parler à Mériana, tu vas devoir en payer le prix. Tu as le choix : sacrifier du métal noble, ou bien faire don de ton sang. Une fois l'Orbalantyr activé, il te faudra faire les bons choix pour attirer l'attention de Mériana. Es-tu prêt ? »

Vous examinez le globe. Une statuette représentant une Likrone se cabre sur l'un des pieds de métal qui le supportent. La corne sur le front de l'animal est acérée comme une aiguille. Il y a du sang séché sur la pointe.

Sur le haut du piédestal, vous remarquez une sorte de creuset. Au fond, vous distinguez des fragments de métal fondu ressemblant à de l'or.

Le seul métal noble que vous possédez se trouve dans votre bourse. Si vous avez au moins 3 kamas et que vous êtes disposé à vous en séparer, ***allez en 224****.*
Vous n'êtes pas assez riche, vous êtes trop avare, ou vous préférez donner votre sang pour une bonne cause ? ***Allez en 238.***
Enfin, si vous êtes un Sacrieur, ***allez en 61****.*

218

Les yeux de Kardorim sont vides. Vous auriez pu vous y attendre. Mais ce vide vous attire. Il vous enveloppe. Il noie votre âme dans un océan de néant. Vous n'arrivez plus à détacher votre regard de ces deux tourbillons de ténèbres. Une terreur intense vous paralyse. Vous suffoquez. **Vous perdez 1 Point de Vie.**

Soudain, votre propre main vous frappe au visage. Oskar a décidé d'intervenir à sa façon pour vous tirer d'affaire. Vous reprenez vos esprits, au grand dam de l'esprit qui a tenté de vous faire mourir de peur.

Vous êtes en sueur, et vous grelottez. Mais voyez les choses du bon côté, c'est le signe que vous êtes en vie.

Vous poussez un cri de colère et vous foncez en direction du spectre. **Allez en 132.**

Vous restez à distance, tout en évitant le regard effrayant du fantôme. **Allez en 197.**

Vous courez vers le tombeau ouvert pour vous emparer du bouclier qui est à l'intérieur. **Allez en 57.**

219

Sans doute mû par l'instinct de conservation, votre adversaire décide de quitter les lieux. Mais contrairement à vous, il ne recule pas. Il fonce vers le lac, et par voie de conséquence, sur vous. Vous tentez de l'éviter en sautant de côté, mais c'est un peu comme esquiver un tremblement de terre… le poids des pierres, la chaleur des flammes, l'ajout d'eau dans les poumons et le manque d'air dans ces mêmes poumons, tout cela vous fait souffrir. **Vous perdez 2 Points de Vie.**

L'élémentaire disparaît dans les profondeurs du lac sombre. Et dire qu'il ne vous a même pas dit au revoir…

Vous respirez encore ? Voilà une nouvelle fort réjouissante. Oskar vous félicite pour votre aptitude à rester en vie, et il vous demande de le rejoindre près du portail.

Vous vous dirigez vers le portail. Si le Sram vous a déjà parlé de la statuette, ***allez en 83****. Dans le cas contraire,* ***allez en 190****.*

Si vous préférez aller examiner les grands cristaux près de l'autel, ***allez en 50****.*

220

La créature gluante n'oppose pas une grande résistance. Sans doute était-elle fatiguée de mener cette vie stressante de monstre enragé. Elle sera sans doute bien plus heureuse et détendue au paradis des larves.

Mais vous n'avez pas le temps de crier victoire. Alors que le chafer tente de vous couper un bras avec son cimeterre, le sanglier vous charge brutalement.

Vous êtes projeté contre les barreaux de la cage. **Vous perdez 1 Point de Vie.**

À quelques kamètres de vous, vous apercevez une forme d'un vert laiteux parmi les débris de bois et de métal, à côté d'un énorme cadenas brisé.

Soudain, un hurlement vous rappelle la présence d'un autre adversaire, et de taille celui-là. Le Milimilou bondit vers vous tous crocs dehors !

Vous vous éloignez précipitamment de la cage. ***Allez en 239.***

Vous vous jetez à terre pour tenter d'éviter le Milimilou. ***Allez en 30.***

221

Ramener tout le monde au même endroit n'est pas la meilleure idée que vous ayez eue. Vous n'avez pas beaucoup de place pour bouger, il est difficile d'esquiver les coups. En regardant par-dessus les épaules, ou plutôt les clavicules, de vos adversaires, vous voyez d'autres chafers qui arrivent.

Vous perdez 1 Point de Vie, à moins que vous ne soyez armé d'un marteau de Boisaille, auquel cas vos moulinets repoussent les squelettes et vous évitent d'être blessé.

Les chafers sont tellement nombreux qu'ils commencent à se gêner mutuellement. Ils se cognent les uns aux autres ; certains tombent dans le vide. Soudain, alors que tout semble perdu, vous voyez une occasion pour entamer une retraite stratégique vers l'entrée du cimetière.

Dans une manœuvre désespérée, vous vous frayez un passage à travers les rangs ennemis et vous fuyez pour sauver votre vie.

Si Nybi combattait à vos côtés, il vous suit de près, courant à perdre haleine derrière vous.

Certains chafers parviennent à vous blesser avec leurs épées. **Vous perdez 2 Points de Vie.**

Vous avez réussi à parvenir sain et sauf à l'entrée ?

Après quelques instants, les chafers se dispersent. Ils ne vont pas vous pourchasser dans tout Incarnam, ce serait trop fatigant.

Réjouissez-vous, vous avez gagné la possibilité de retourner dans le cimetière pour essayer à nouveau d'atteindre le tombeau de Kardorim. Quelle chance vous avez !

Si Nybi vous a accompagné lors de votre tentative, il est prêt à vous suivre à nouveau.

*Entrez dans le cimetière et **allez en 151**.*

*Si Nybi ne vous a pas accompagné la première fois, vous pouvez lui demander son aide. **Allez en 25.***

222

Vous comprenez que le fantôme souhaite rejoindre le rocher du Phénix pour que son âme puisse renaître. La résurrection n'est pas un miracle si rare que cela sur Incarnam, mais ranimer la flamme de la vie reste un évènement d'importance. Vous n'avez jamais eu à utiliser la puissante magie d'un Phénix, et vous espérez ne jamais avoir à le faire.

Le Sram vous regarde d'un air suppliant, ce qui n'est pas un mince exploit quand on a une tête de mort comme la sienne.

Vous acceptez de l'aider. Après tout, sans lui, il y aurait maintenant une arakne repue et une âme errante de plus sur Incarnam…

Si vous voulez partir immédiatement pour le rocher du Phénix, ***allez en 100****.*
Si vous voulez jeter un dernier coup d'œil à l'intérieur de la grotte, ***allez en 82****.*

223

« Un adversaire qui préfère mouiller le maillot plutôt que le fond de son caleçon, j'aime ça ! »

Le Dark Vlad fait un bond de côté pour esquiver votre attaque. Puis il riposte pour vous mettre la pression.

Vous avez l'impression qu'une montagne s'écrase sur votre poitrine. Respirer vous demande un effort colossal, mais vous ne pouvez pas vous permettre d'arrêter.

Vous perdez 1 Point de Vie. De plus, votre nombre maximum de Points de Vie est diminué de 1 jusqu'à la fin du combat.

« Alors, Kerubim, on manque d'air ? C'est rare chez un aventurier ! Ha ha ha ! »

Vous jetez toutes vos forces dans la bataille pour ne pas lui laisser prendre l'avantage. **Allez en 248.**

Vous reculez pour reprendre votre souffle. **Allez en 58.**

Vous tenez votre position, et vous bougez plus lentement pour ne pas vous épuiser. **Allez en 64.**

224

Retirez 3 kamas de votre bourse.

Vous déposez trois pièces d'or dans le creuset. Quelques secondes plus tard, une chaleur intense se dégage, faisant fondre le métal. L'or liquide s'écoule par de petites ouvertures. Bientôt, il ne reste plus que quelques gouttes dorées au fond de la cavité.

Soudain, l'Orbalantyr commence à s'ouvrir à la manière d'un œil. Les écailles qui le recouvrent disparaissent progressivement. D'abord d'un blanc laiteux, la surface du globe devient luminescente, se teintant de mille couleurs. C'est comme si vous contempliez la naissance d'un arc-en-ciel…

Vous entendez un déclic. Vous constatez qu'une figurine est apparue sur chacun des pieds de l'Orbalantyr.

Allez en 105.

225

Vous vous démenez pour libérer vos pieds collés au sol, mais cela s'avère difficile.

L'arakne essaie de se glisser dans votre dos pendant que vous êtes occupé, mais vous la suivez du coin de l'œil. Lorsqu'elle vous saute dessus, vous vous baissez brusquement. La créature ne parvient pas à vous mordre, mais elle se venge en vous frappant avec ses pattes velues. C'est comme si l'on vous avait frictionné le visage avec un vieux balai à poils durs. **Vous perdez 1 Point de Vie.**

Vous parvenez à libérer l'une de vos jambes, et vous donnez un grand coup de pied dans les gencives de votre adversaire. Ouch !

C'en est trop pour l'arakne. Tant d'efforts pour un petit en-cas ! Mais la bête a encore un atout dans sa manche… ou plutôt dans l'une de ses dents creuses encore intactes.

Juste avant de battre en retraite et de disparaître derrière un rocher, le monstre parvient à vous mordre la cuisse. Un liquide verdâtre coule le long de votre jambe. **Vous perdez 1 Point de Vie supplémentaire.**

Il vous reste encore un souffle de vie ? Dans ce cas, vous savourez votre victoire. Du moins, tant que vous le pouvez encore.

Allez en 107.

226

Lentement mais sûrement, vous frappez le mannequin qui finit par se démonter devant tant d'assurance. Vous remportez le combat sans une égratignure. Les deux guerriers quant à eux ont repris leur entraînement, redoutant probablement de périr d'ennui à force de commenter chacun de vos gestes.

Si vous avez déjà parlé au capitaine, ***allez en 129****.*

Dans le cas contraire, vous descendez l'escalier et

vous abordez le capitaine présent dans la salle du bas. ***Allez en 143.***

227

Vous réfléchissez quelques instants. Que vous a murmuré Mériana à l'oreille quand elle vous a parlé de l'écaille que vous cherchez ?

« C'est au cou d'une créature féroce que tu trouveras l'Écaille de la férocité. Mais ne te trompe pas d'adversaire, et ne sous-estime pas le pouvoir des reliques du passé. »

Voilà une phrase qui sonne comme un avertissement… D'après la rumeur populaire, le monstre le plus féroce de l'île céleste est le Milimilou, un monstre poilu et sanguinaire qui vit dans les profondeurs d'un donjon.

Vous savez ce qu'il vous reste à faire… en route pour l'endroit le plus mal famé d'Incarnam !

Allez en 125.

228

L'immonde créature poilue cligne des yeux. Elle ne paraît pas vraiment incommodée par la lumière pâle du lichen au bout de votre bras. Cela semble même la stimuler.

L'arakne projette sur vous un jet de bave. C'est répugnant et cela brûle la peau comme de l'acide. **Vous perdez 1 Point de Vie.**

Vous reculez. Le monstre fait quelques pas vers vous, puis se ramasse sur lui-même.

Vous rassemblez votre courage et vous foncez sur l'arakne. ***Allez en 213.***

Vous continuez à reculer. ***Allez en 157.***

Vous vous adossez à la paroi du couloir rocheux. ***Allez en 182.***

229

Comprenant que vous cherchez à marquer son postérieur emplumé de votre empreinte, le tofu change de tactique. Il vous fait courir pour vous fatiguer un peu. Vous le pourchassez en lui intimant l'ordre de rester en place, mais il n'est guère obéissant.

Au bout de plusieurs allers-retours entre le ballot de paille et un épouvantail qui assiste à la scène d'un air stoïque, vous commencez à ressentir une certaine lassitude.

Vous êtes essoufflé, vous avez un caillou dans votre chaussure, et la sueur vous coule dans les yeux. Vous trébuchez sur le manche d'une fourche laissée là par un paysan négligent, et vous vous étalez de tout votre long, le nez dans une motte de terre. **Vous perdez 1 Point de Vie.**

Toujours de ce monde ? Bien. Vous décidez de changer vous aussi de tactique. Vous faites le mort, gisant immobile parmi les épis de blé.

Le gros tofu se laisse prendre au piège et s'approche de vous. Quelle imprudence ! Vous le saisissez par les pattes, puis vous le faites tourner dans les airs avant de l'envoyer valser. Le tofu finit assommé au pied de l'épouvantail. Victoire par K.-O. !

Il ne vous reste plus qu'à vous occuper de Jonquille.

Allez en 81.

230

Les trois figurines brillent d'une vive lumière. Vous vous sentez comme aspiré par l'Orbalantyr.

Vous êtes entouré d'un brouillard très épais. Vous êtes incapable de distinguer quoi que ce soit autour de vous. Vous tendez l'oreille. Il n'y a que le silence.

Vous attendez quelques instants, mais il ne se passe rien. Vous avez l'impression d'être dans une impasse.

Vous clignez des paupières. Vous voilà de retour dans la pièce de l'Orbalantyr.

Vous manipulez les figurines pour leur redonner leur position initiale. Si vous voulez parler à Mériana, vous devez réessayer d'utiliser le globe.

Quand vous serez prêt, ***allez en 105****.*

231

Le capitaine sourit en vous voyant approcher.

« La journée a été longue pour nous deux, n'est-ce pas ? Je suis heureux de constater que tu vas bien. As-tu avancé dans ta quête ? »

Vous résumez brièvement ce qui vous est arrivé depuis votre dernière rencontre. Le visage du capitaine s'assombrit.

« Ainsi, l'esprit de Kardorim s'en est pris à toi… C'est là l'œuvre du Dark Vlad. Le tombeau n'avait jamais été hanté jusqu'ici. C'était un lieu sacré, un lieu de repos. De plus, le capitaine n'aurait jamais attaqué un Kerubim s'il n'y avait pas été contraint par un quelconque maléfice.

Nous avons repoussé plusieurs vagues de chafers au cours de la journée. Avec la nuit, je crains le pire.

Je pourrais te commander de rester ici pour surveiller l'Aire de l'Envol. Mais je sais que tu as mieux à faire… J'ai parlé de toi aux aigles célestes. Si ton destin est d'affronter le Dark Vlad, qu'il en soit ainsi. Tu ne combattras pas que pour le Dofus Émeraude, mais aussi pour la sécurité d'Incarnam. Tu es un

Kerubim, tu accomplis donc ton devoir. Je te souhaite bonne chance. »

Le capitaine vous donne une brève accolade. Vous ne le montrez pas, mais vous êtes tout de même un peu ému. Vous espérez vous montrer digne de sa confiance.

« Prends ces potions, au cas où. Ce n'est pas grand-chose, mais elles te sauveront peut-être la vie. Bon voyage, mon ami. »

Le capitaine vous donne deux potions de mini-soins. Vous pouvez les utiliser immédiatement : dans ce cas, **vous récupérez 2 Points de Vie**. Vous pouvez également les mettre dans votre sac. **Les objets occupent une case de votre inventaire, vous devez donc disposer d'un emplacement libre, à moins que vous ne possédiez d'autres potions identiques, auquel cas elles se rangent toutes dans la même case.**

Vous dites au revoir au capitaine, puis vous vous dirigez vers la chouette qui vous fixe de ses yeux globuleux.

Si vous avez déjà récupéré le pendentif, ***allez en 87****.*

Dans le cas contraire, ***allez en 54****.*

232

Le Sram se rue vers la statue de l'oiseau de feu comme s'il s'agissait d'un coffre plein d'or.

« Enfin ! À moi la chaleur de la vie ! Ô Phénix, fils du soleil, maître des flammes purificatrices et créateur du poolay grillé, j'en appelle à ton pouvoir ! Redonne de la substance à mon âme, solidifie mes os, accorde-moi de renaître pour accomplir mon destin ! »

Oskar tente de se jeter face contre terre, mais y renonce après avoir constaté que sa tête rentre dans le sol, ce qui le rend sourd et aveugle.

De longues minutes passent. Le fantôme est toujours là, aussi transparent qu'immatériel.

« Quelque chose ne va pas. Le Phénix ne réagit pas ! Kerubim, aide-moi ! En accomplissant le rituel de Parlazar, ça devrait fonctionner. Fais comme moi, agite les bras et dis tout ce qui te passe par la tête ! Pirouette ! Sadidette ! Tartifouette ! Saperlipopette ! »

Vous protestez, mais devant la détresse d'Oskar, vous acceptez de participer au rituel.

(Afin de ne pas nuire à votre réputation, et pour garantir le sérieux de cet ouvrage, la fin de ce paragraphe a été censurée. L'emploi de mots tels que *turlututu*, *cucurbitacée*, *bourbassingue*, *callipyge* et *shigekax* ne saurait être toléré, en particulier quand ils sont réunis dans la même phrase.)

Allez en 205.

233

Un hululement retentit dans la nuit. Strig est de retour ! La chouette se pose sur le bras tendu de la magicienne.

« Tu as bien travaillé, mon amie… Vous ne le savez peut-être pas, mais Strig s'est assuré que la Karne du Dark Vlad ne puisse voler au secours de son maître. À sa manière, elle a contribué à votre réussite. »

Mériana s'approche de vous.

« Je suis heureuse de voir que ma confiance était bien placée. Tu as trouvé le Dofus Émeraude. Ou peut-être est-ce lui qui t'a trouvé ? Quoi qu'il en soit, tu es arrivé à la fin de ton périple sur Incarnam. Mais un autre voyage t'attend… tu as le Monde des Douze à découvrir. »

En entendant ces paroles, Oskar cesse de se gratter le crâne pour retrouver son agitation coutumière.

« Hey, c'est vrai ! Tu dois récupérer les cinq autres Dofus pour me remettre sur pied ! Il serait temps de se mettre en route d'ailleurs, ce n'est pas parce que j'ai dépassé la date d'expiration que j'ai toute l'éternité devant moi ! »

Votre première aventure touche à sa fin… ***Allez en 250.***

234

Vous refaites en sens inverse le trajet parcouru au début de votre patrouille, pour arriver finalement dans les champs d'Incarnam.

Les terres cultivées sont le théâtre d'une grande activité. Les épis de blé se balancent au gré du vent, attendant d'être fauchés par les paysans. On trouve çà et là des sacs de graines, des fourches et des charrettes. Les pissenlits, les roses et les tournesols se promènent librement parmi les céréales : sur Incarnam, les fleurs sont vraiment sauvages, elles ne tiennent pas en place.

Vous apercevez des pioussins aux plumes colorées qui sautillent un peu partout. Quelques tofus se dandinent en agitant leurs ailes. Ils ne semblent guère se soucier des épouvantails cornus censés les effrayer.

L'endroit semble idéal pour une tofoune. Vous sortez de votre poche le sifflet que vous a donné Pipelette. Le moment est venu de l'utiliser.

Si vous êtes un Osamodas, ***allez en 20****. Dans le cas contraire,* ***allez en 106****.*

235

Vous volez dans les airs, au-dessus d'une mer de nuages blancs. Le ciel noir est piqueté d'étoiles. Les vents sifflent à vos oreilles.

Quatre formes indistinctes émergent des nuées. La première a la couleur de l'émeraude. La deuxième, rouge comme les braises, virevolte autour de la troisième, d'un bleu profond. La dernière semble faite de sable brillant, à la teinte sombre et aux reflets dorés.

Les formes éthérées deviennent plus précises. Des ailes, des griffes, des écailles apparaissent.

Quatre dragons tournent maintenant autour de vous.

Le dragon d'émeraude semble particulièrement intéressé par votre personne. Il vous fixe du regard. Ses quatre ailes sont recouvertes de plumes, et son corps sinueux est parcouru d'éclairs. Un nom vous vient à l'esprit, tandis qu'un grondement orageux fait vibrer tout votre corps. Aerafal.

Vous avez l'impression qu'Aerafal vous sourit.

Soudain, les quatre dragons plongent dans les nuées. Ils disparaissent à votre vue. Le ciel s'éclaircit sous la lueur de l'aube.

Le soleil qui se lève a la couleur du sang.

Les vents deviennent brûlants. La chaleur devient fournaise. La mer de nuages s'embrase et se transforme en océan de feu.

Vous distinguez une silhouette qui vole dans votre direction. Elle est entourée de flammes, mais les ténèbres l'accompagnent.

Vous avez le désagréable sentiment que votre fin est proche.

Puis vous vous réveillez.

Allez en 38.

236

Vous bondissez par-dessus le rebord de pierre et vous atterrissez parmi les ossements de Kardorim. À peine avez-vous posé la main sur le bouclier que vous êtes projeté dans les airs. Vous heurtez la voûte de pierre, puis vous retombez lourdement sur le sol dallé, à quelques kamètres de la sépulture. **Vous perdez 2 Points de Vie.**

Le fantôme flotte vers vous, la lame évanescente de son épée pointée en direction de votre cœur.

Vous vous relevez et vous tentez de vous enfuir. ***Allez en 103.***

Vous vous relevez, puis vous abaissez votre arme, attendant le coup fatal. ***Allez en 121.***

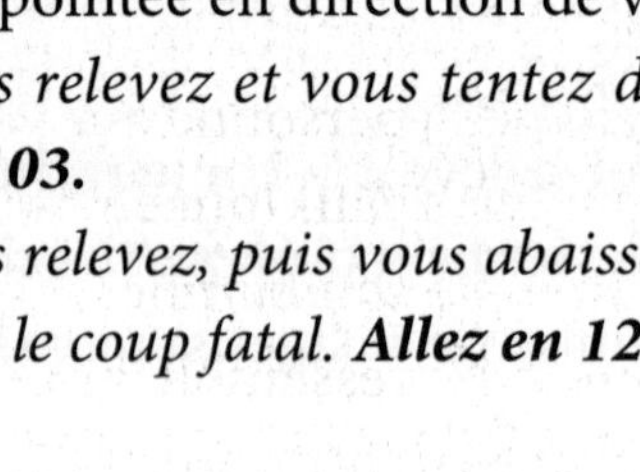

237

« Ma petite Strig, il semblerait que nous ayons de la visite ! »

Le visage ridé de la vieille femme se fend d'un sourire, mais son expression n'est guère rassurante. Ses sourcils froncés montrent que vous n'êtes peut-être pas le bienvenu.

Une chouette grise vient se percher sur son épaule. L'oiseau vous observe avec ses yeux grands comme des soucoupes.

Vous avez trouvé la personne que vous cherchiez : Mériana s'avance vers vous tout en caressant distraitement les plumes de son familier.

La magicienne ne ressemble pas à une Enutrof typique. Ses cheveux sont roux, et non pas blancs comme pour la plupart de ses semblables. Elle porte une épaisse robe verte décorée de runes. Plusieurs amulettes pendent à son cou, et des disques de métal gravé ornent ses oreilles. Ses mains sont gantées de noir. Ses pieds chaussés de cuir écailleux portent des traces de boue.

Mériana pointe un morceau de bois dans votre direction. La baguette a la forme sinueuse d'un dragon.

Allez en 52.

238

Vous détestez les piqûres, mais il faut savoir prendre sur soi quand la situation l'exige. Vous rassemblez votre courage, puis vous posez le bout de votre doigt sur la corne pointue de la Likrone. Vous inspirez, puis vous appuyez fortement.

Aïe ! La douleur est aiguë. **Vous perdez 1 Point de Vie.**

Le sang s'écoule le long de la crinière sculptée de la statuette, avant de disparaître par de petites ouvertures. Vous retirez votre main. Bientôt, il ne reste plus que quelques gouttes écarlates perlant au bout de la corne miniature.

Soudain, l'Orbalantyr commence à s'ouvrir à la manière d'un œil. Les écailles qui le recouvrent

237 *Mériana la magicienne.*

disparaissent progressivement. D'abord d'un blanc laiteux, la surface du globe devient luminescente, se teintant de mille couleurs. C'est comme si vous contempliez la naissance d'un arc-en-ciel…

Vous entendez un déclic. Vous constatez qu'une figurine est apparue sur chacun des pieds de l'Orbalantyr.

Allez en 105.

239

Vous courez vers le bord de l'îlot. Vous aimeriez être ailleurs.

Le Milimilou se lance à votre poursuite. Il est rapide, très rapide. De plus il est grand, fort, et il a une haleine qui ferait frémir un bouftou. Cela fait beaucoup d'avantages en sa faveur.

Vous estimez qu'il serait plus sage de prendre la poudre d'escampette.

Évidemment, cela ne va pas être facile. Vous cavalez comme si vous aviez de terribles monstres à vos trousses, ce qui est le cas, après tout.

Alors que vous atteignez les marches de pierre qui vous permettront de quitter le plateau rocheux, le Milimilou vous gratifie d'une bonne tape dans le dos, histoire de vous aider à descendre. Vous tombez et vous dévalez l'escalier tête la première. **Vous perdez 3 Points de Vie.**

Si vous ne vous êtes pas cassé le cou, vous vous relevez en piteux état.

Le Milimilou s'est montré le plus fort… mais ce n'était pas le dernier round !

Vous remontez l'escalier, blessé dans votre orgueil de héros.

Le monstre poilu ne semble pas mécontent de votre retour. Il hurle pour vous souhaiter la bienvenue, et pour rameuter sa petite troupe.

Peut-être espériez-vous qu'il serait seul, cette fois-ci ? En particulier si vous avez éclairci les rangs de vos adversaires avant de fuir ? Eh bien, c'est raté. Le Milimilou a de nombreuses troupes fraîches à sa disposition.

Commencez le combat ***en 175***.

240

Les deux ponts suspendus qui mènent au cimetière ne sont pas gardés, ce qui est inhabituel. Où est passé le milicien Kerubim de faction ?

Vous franchissez les passerelles. Il y a des ossements partout sur le sol. L'endroit est calme, trop calme. Vous avancez prudemment. Vous apercevez les premières rangées de pierres tombales un peu plus loin.

Soudain, des mains décharnées tentent de vous agripper les chevilles. Vous manquez perdre l'équilibre. Vous donnez de violents coups de pied avant de reculer.

Tout autour de vous, une demi-douzaine de chafers sortent de terre. Vous détestez ces squelettes en slip, ils vous donnent la chair de tofoune.

Vous constatez avec horreur que vous êtes encerclé, sans possibilité de retraite. Votre courte carrière de Kerubim pourrait bien s'arrêter ici…

Alors que vous vous apprêtez à livrer un combat désespéré, une silhouette massive apparaît sur le pont, comme par magie. Un milicien Kerubim ! Sa hallebarde fracasse deux chafers en même temps, envoyant voler des petits bouts d'os un peu partout. La voie est libre !

Vous vous ruez vers le pont tout en essayant d'éviter les coups, mais l'un des chafers parvient à vous blesser avec son épée rouillée. **Vous perdez 1 Point de Vie.**

Vous réussissez à atteindre le pont en un seul morceau ? Dans ce cas, vous êtes sauf !

Le milicien se présente sous le nom de Nybi. Il s'excuse pour avoir laissé le cimetière sans surveillance, il a dû se rendre à la taverne de Grobid pour régler une affaire urgente… Heureusement, il est revenu à temps !

Vous pourriez lui reprocher d'avoir abandonné son poste, mais Nybi vous a sans doute sauvé la vie. Vous le remerciez donc chaudement pour son intervention.

Le milicien vous offre une potion de mini-soins. Vous pouvez vous en servir pour soigner vos blessures : dans ce cas, **vous récupérez 1 Point de Vie**. Si vous préférez la garder pour plus tard, vous la mettez dans votre sac. **L'objet occupe une case de votre inventaire, vous devez donc disposer d'un emplacement libre, à moins que vous ne possédiez**

d'autres potions identiques, auquel cas elles se rangent toutes dans la même case.

Après vous être remis de vos émotions et vous être assuré que les chafers ne sortaient pas du cimetière, vous saluez le Kerubim avant de vous remettre en route pour continuer votre patrouille.

Si vous décidez de prendre la direction du nord-est, ***allez en 131****.*

Si vous préférez partir vers le nord, ***allez en 96.***

241

« Nous pourrions allumer un bûcher et voir lequel de nous deux reste le plus longtemps dans les flammes, mais les aigles célestes ont interdit cette ancienne coutume en la jugeant trop barbare. Descendre dans le donjon d'Incarnam pour affronter le terrible Milimilou avec un bras attaché dans le dos serait distrayant… Je l'ai déjà fait, toutefois. Je n'aurais aucun mérite à recommencer. »

Vous réfléchissez à différentes options. Comment

prouver votre courage ? En combattant un dragon avec un cure-dent ? En faisant un discours devant tous les notables d'Incarnam, vêtu d'un simple string en cuir ? En acceptant de faire la vaisselle de toute la milice pendant un mois, à l'eau froide et sans vous plaindre une seule fois ?

Laura se met à marcher de long en large, plongée dans une intense réflexion. Le spectacle d'une Iop en train de cogiter est fascinant.

La disciple du seigneur des braves s'arrête au bord du promontoire rocheux, le sourire aux lèvres.

« Je crois que j'ai trouvé. »

Vous la regardez d'un air inquiet.

« Un plongeon dans le vide. Rien de mieux pour montrer qu'on a du cran. »

Vous avancez prudemment pour jeter un coup d'œil vers le bas. Le problème, c'est que vous ne voyez pas le bas, justement.

« À toi l'honneur. Après tout, c'est toi qui veux me ravir mon titre. Prouve-moi que tu le mérites. »

Vous acceptez son défi, aussi insensé soit-il. ***Allez en 53.***

Vous avez une meilleure idée : pour prouver votre courage, vous attaquez la Iop afin de vous emparer de sa couronne. ***Allez en 26.***

242

Vous arrivez devant le pont suspendu qui mène au cimetière. Le milicien Nybi est à son poste, cette fois-ci. Il vous salue nerveusement, ne cherchant pas à masquer son inquiétude.

« Les chafers sont excités comme si c'était une nuit de pleine lune. Si tu comptais te promener tranquillement au milieu des chrysanthèmes, c'est raté. Mieux vaut remettre ta visite à plus tard. »

Hors de question d'attendre que les squelettes ambulants cessent leur danse macabre. Vous avez une écaille magique à récupérer. Vous demandez à Nybi l'emplacement du tombeau de Kardorim.

« Il est dans la partie est du cimetière, après le pont des os courts. Tu veux vraiment aller là-bas ? Eh bien, bonne chance ! »

Vous demandez à Nybi de vous accompagner. ***Allez en 25.***

Vous préférez vous débrouiller seul et vous entrez dans le cimetière. ***Allez en 151.***

243

Vous enchaînez vos coups avec la précision d'une pendule Xélor. Une… deux… mais pas trois.

Vous avez oublié que votre adversaire était un chafer, un squelette animé. Il ne réagit pas comme une créature ordinaire.

Après avoir paré votre première feinte par réflexe, il ne pare pas la deuxième, mais décide de lâcher son arme pour vous sauter au cou.

Vous découvrez douloureusement qu'un chafer peut avoir du mordant. **Vous perdez 2 Points de Vie.**

Vous desserrez les maxillaires du squelette, puis vous lui arrachez la tête. Voilà qui lui apprendra à se prendre pour un vampire !

Vous êtes encore debout ? Voilà qui force le respect !

Vous avez payé Nybi pour qu'il vous suive dans votre folle épopée ? Dans ce cas, sachez que votre argent a été bien dépensé : le milicien a réduit en miettes les chafers qui bloquaient le pont.

Si le Kerubim ne vous a pas accompagné, il vous reste deux squelettes à affronter… du moins, en théorie. Car le hasard – ou le destin – fait que vous êtes tombé sur deux chafers particulièrement impressionnables. Vous tenez encore le crâne de l'un de leurs collègues dans votre main. Ça ne les rassure pas. Ils n'ont pas envie de servir de serre-livres, ni de décorer le fond d'un aquarium. Ils décident donc de se carapater vite fait.

Vous pouvez franchir le pont !

Si Nybi a combattu à vos côtés, ***allez en 154****.*

Dans le cas contraire, ***allez en 200****.*

244

Vous montez dans la salle d'armes. Un sergent Kerubim est en train de remettre sur pied un épouvantail d'entraînement. Vous lui demandez si vous pouvez vous rendre utile. Il vous désigne un balai : il semblerait que vous soyez éligible pour une corvée de nettoyage.

Tandis que vous jouez les fées du logis, vous pensez à Oskar. Sans doute le vieux Sram va-t-il devoir se résoudre à faire le grand voyage… ou bien trouver quelqu'un d'autre pour s'emparer du Dofus Émeraude.

Vous commencez à déplacer quelques bancs pour balayer plus facilement. Le sergent vous félicite de votre zèle. On dirait bien que vous êtes parti en guerre contre la poussière ! Vous laissez échapper un petit rire, qui s'étrangle rapidement dans votre gorge. Sur le mur derrière le Kerubim, un mot est apparu, en grosses lettres rouges : *Descends.*

Le sergent s'amuse de votre air ébahi.

« Eh bien, qu'est-ce qui t'arrive, on dirait que tu as vu un fantôme ! »

Le Kerubim se retourne. L'inscription a disparu.

Vous prétextez un besoin urgent, puis vous descendez les escaliers.

Allez en 117.

245

La silhouette encapuchonnée se balance d'avant en arrière. Elle semble plongée dans une sorte de transe.

Le Dark Vlad s'avance vers vous, attirant ainsi toute votre attention.

« Ne te préoccupe pas de mon amie, Kerubim. Tu n'es pas le seul à utiliser les services d'une jeteuse de sorts… Eh oui, je connais Mériana. Cette vieille folle commence à m'agacer. Elle passe son temps à me harceler avec ses ploukosses qui cherchent à s'emparer de mon Dofus. Non pas que je répugne à les écraser comme des moskitos, mais j'ai autre chose à faire.

Eh bien, qu'attends-tu ? Tu es là pour discuter, ou pour mourir ? »

Si vous voulez poursuivre la conversation avec le Dark Vlad, ***allez en 174****.*
Si vous estimez que le moment est venu de faire parler les armes, ***allez en 122****.*

246

En dépit des protestations d'Oskar, vous cherchez un courant aérien qui vous éloignera de l'île céleste avant de continuer à descendre.

Vexé que vous ayez mis ses compétences de pilote en doute, le vieux Sram va maugréer dans un coin de la nacelle, menaçant de vous hanter pour le restant de vos jours.

Les vents se sont donné rendez-vous autour de votre ballon. De la brise légère, de la bourrasque impatiente, du zéphyr ou de l'aquilon, lequel va l'emporter ?

Vous vous sentez libre, serein. Vous contemplez les étoiles, cherchant les constellations du Doziak. Ces deux astres à votre droite évoquent les pointes des cornes du Minotoror… Et cette lueur lointaine sur votre gauche, elle semble scintiller au bout des doigts d'un Kilibriss.

Tandis que vous jouez les astronomes amateurs, Strig reste impassible, perchée sur le rebord du panier d'osier. Tout au plus pousse-t-elle un hululement de temps en temps.

Soudain, une ombre passe devant l'œil aveugle de la lune. Une forme ailée vole vers la montgolfière. Vous sentez monter une vague d'espoir en vous : serait-ce Aerafal ? Le dragon émeraude a-t-il enfin décidé de se montrer ailleurs que dans vos rêves ?

Mais la créature qui plane dans votre direction n'est pas un dragon. C'est un être de cauchemar. Oskar se redresse et manque perdre sa mâchoire inférieure.

« Par le radius de mon grand-père ! La Karne ! La Karne du Dark Vlad ! Fuyez, pauvres fous ! »

Le Sram spectral regarde à droite, à gauche, puis il se rend compte que les possibilités de retraite sont limitées. Il disparaît à l'intérieur du coffre d'osier contenant le matériel de vol.

Strig s'envole en hululant. Vous vous sentez très seul, tout à coup.

La Karne ressemble à un énorme crâne pourvu d'ailes membraneuses et de pattes griffues. À un concours de laideur, elle aurait toutes les chances de remporter le premier prix. Le monstre vole sans son maître : nulle trace du Dark Vlad dans les environs. Peut-être la Karne était-elle sortie pour prendre l'air nocturne quand elle vous a aperçu, et elle a décidé de venir vous saluer.

L'horrible créature plante ses serres osseuses au sommet de l'aérostat. Si l'enveloppe se déchire, vous risquez de faire une longue, une très longue chute…

Alors que vous vous apprêtez à grimper aux cordages pour atteindre le haut du ballon, vous voyez la Karne piquer vers vous. Vous avez à peine le temps de plonger à l'intérieur du panier. Une griffe vous lacère le dos. **Vous perdez 2 Points de Vie.**

Vous entendez des crissements enragés et des hululements de colère. Vous vous relevez et vous regardez prudemment par-dessus le rebord de la nacelle.

Vous n'en croyez pas vos yeux. Strig est en train de se battre contre la Karne… et la chouette a l'avantage !

Le petit oiseau de nuit est d'une incroyable rapidité. Ses serres crépitent d'éclairs bleutés. La monture du Dark Vlad ne semble pas apprécier les coups de foudre.

La Karne finit par s'enfuir à tire-d'aile, honteuse, et disparaît dans un banc de nuages.

Strig revient se percher sur la nacelle et lisse tranquillement ses plumes comme si rien ne s'était passé.

« Elle est partie ? Je peux sortir ? »

Oskar réapparaît. Vous vous apprêtez à lui dire votre façon de penser, quand il pointe les phalanges de son index vers la falaise.

« Là, c'est là que nous devons atterrir ! Cap à l'ouest, en avant toute ! »

Vous maugréez, mais vous exécutez la manœuvre. Un courant vous ramène vers la paroi rocheuse. Vous distinguez un promontoire éclairé par des fanaux.

Allez en 156.

247

Convaincu que vous serez la solution à son problème, Oskar semble un peu s'emballer.

« C'est la meilleure chose à faire. Avec tes muscles et mon cerveau, on peut réussir ! Je suis sûr que Mériana sera d'accord. Nous allons vaincre le Dark Vlad et nous emparer du Dofus Émeraude ! »

Le Dofus Émeraude… l'œuf primordial d'Aerafal, le dragon de l'air. Vous êtes gagné par l'excitation. Le moment serait-il venu ? Le destin vous offrirait-il l'occasion de vous lancer dans la longue quête des Dofus ?

De nombreuses questions se bousculent dans votre esprit. Qui est Mériana ? Qui est le Dark Vlad ? Comment Oskar s'est-il retrouvé sur Incarnam ? Vous avez besoin de réponses.

Vous interrogez le Sram. Il doit vous donner un peu plus d'explications.

« Par où commencer ? Cela fait longtemps que je cherche les six Dofus. J'ai exploré des donjons, combattu des tas de monstres sanguinaires, surveillé ce qui se vendait au marché noir… J'ai trouvé des imitations, mais les œufs des Dragons primordiaux sont restés hors de ma portée… jusqu'à ce que je rencontre Mériana.

Mériana est l'une des plus grandes magiciennes du Monde des Douze. Elle m'a révélé qu'il existait une ancienne prophétie, et que j'étais l'Élu qui parviendrait à réunir les six Dofus dispersés. Obtenir un pouvoir plus puissant que celui des dieux… c'est sacrément motivant ! Mériana m'a dit qu'elle m'aiderait à accomplir ma destinée. Plutôt sympa de sa part, non ?

D'après elle, le Dofus Émeraude doit être retrouvé en premier. Il a été volé voici bien longtemps par un être cruel et sans scrupule : le Dark Vlad, le porteur de l'épée de feu, le seigneur de la forêt Maléfique.

Je me suis rendu dans la forêt, bien décidé à arracher le Dofus des mains de son propriétaire illégitime. Mais le Dark Vlad avait disparu. Avec l'aide de Mériana, je me suis lancé sur sa piste.

Il m'a fallu beaucoup de temps pour lui mettre le grappin dessus. Nous avons joué au chacha et à la sousouris pendant des jours et des jours. Le Dark Vlad était lui aussi à la recherche de quelque chose… et sa quête l'a finalement mené sur Incarnam.

Tu sais maintenant pourquoi j'ai quitté le Monde des Douze pour rejoindre l'île céleste. Maintenant, il ne reste plus qu'à rejoindre la cachette du Dark Vlad, et hop, on récupère le Dofus. Bon, ça ne va sans doute pas être si facile que ça, je te l'accorde. On aura sans doute besoin d'un coup de main. »

Oskar fait une pause et se met à réfléchir. Vous pouvez presque voir de la fumée verte s'échapper de son crâne diaphane.

Avant de vous engager dans quoi que ce soit, vous aimeriez en apprendre un peu plus sur le Dark Vlad et sur Mériana.

Vous demandez à Oskar tout ce qu'il sait sur le Dark Vlad. ***Allez en 8.***
Vous préférez d'abord que le Sram vous parle de Mériana. ***Allez en 148.***

248

Vous voyez rouge. Vous attaquez le Dark Vlad avec une fureur qui ferait s'enfuir un adversaire moins coriace. Vous ne ressentez pas la peur, mais la pression sur votre poitrine vous épuise. Vous serrez les dents, puisant de l'énergie tout au fond de vous pour ne pas vous écrouler.

Soudain, vous apercevez Oskar. Il tente de se glisser dans le dos du Dark Vlad. Il mijote quelque chose.

La magicienne encapuchonnée sort de sa transe et lance un sortilège : le vieux Sram s'arrête brusquement, puis il reste figé sur place, regardant dans le vide d'un air hébété.

Le Dark Vlad choisit ce moment pour déchaîner le feu de son épée sur vous.

« Meurs, héros de pacotille ! »

La chaleur est intense. La douleur l'est tout autant. **Vous perdez 2 Points de Vie.**

Est-ce la fin ? Non ? Dans ce cas, vous pouvez laisser libre cours à la colère qui monte en vous.

Vous déchaînez votre juste courroux sur le seigneur sanguinaire. ***Allez en 47.***

Vous contrôlez ce violent accès de rage et vous reculez pour récupérer un peu. ***Allez en 29.***

249

Vous commencez à reculer, pensant que votre adversaire aura du mal à vous atteindre si vous maintenez un écart confortable. Mais même si le tofu qui vous fait face est d'un fort beau gabarit, il n'est pas obèse et bouge rapidement. Agitant ses courtes ailes, il fonce sur vous à la vitesse d'une dragodinde au galop avant de vous picorer violemment le haut du crâne comme s'il voulait ouvrir une noix de kokoko. **Vous perdez 1 Point de Vie.**

Vous ripostez immédiatement. ***Allez en 69.***

Vous préparez une contre-attaque en prenant le temps de viser entre les deux yeux globuleux du tofu. ***Allez en 216.***

250

Quelques jours ont passé.

Après votre combat épique à la pointe de la Queue du Dragon, Goultard est parti de son côté. Vous avez encore du mal à croire que vous avez rencontré le plus grand guerrier du Krosmoz… vous l'avez même libéré de son côté obscur ! C'est plutôt un bel exploit pour un héros débutant.

Mériana vous a accompagné durant votre trajet de retour sur Incarnam. Vous ne vouliez pas partir pour le Monde des Douze sans avoir annoncé au capitaine des Kerubims que la menace du Dark Vlad était écartée.

Vous espériez que la magicienne allait vous faire quelques confidences, mais elle a pour l'instant gardé ses secrets.

Le chef de la milice céleste était heureux de vous revoir sain et sauf. Il s'est déclaré fier de votre succès. Même si vous allez désormais suivre librement votre propre chemin, vous resterez toujours un Kerubim à ses yeux.

L'aube se lève sur l'île d'Incarnam. Vous vous tenez au bord de l'Aire de l'Envol, admirant les feux du soleil matinal colorant les nuages. Dans quelques instants, vous embarquerez à bord d'une montgolfière. Votre prochaine destination : Astrub, la cité des mercenaires, l'une des villes les plus pittoresques du Monde des Douze.

Même si vous ne le voyez pas, vous savez qu'Oskar est à vos côtés. Lorsque la nuit reviendra, il se manifestera à nouveau. Il pourra vous guider dans les rues d'Astrub qu'il connaît comme sa poche. Que feriez-vous sans lui ?

Le ballon céleste est prêt à partir. Mériana est déjà à bord, la petite chouette grise perchée sur son épaule.

Le Dofus Émeraude bien à l'abri dans votre sac, vous jetez un dernier regard sur l'île qui a été le premier théâtre de vos aventures.

Puis vous rejoignez la magicienne pour prendre votre envol.

FIN

Participez à la quête du Dofus Pourpre
dans le tome 2 de la collection.

LA TAVERNE DE GROBID

251

Vous venez de boire une potion alchimique qui vous a transporté dans le lieu le plus important d'Incarnam… là où tout se passe, tout se dit, tout se joue : la taverne de Grobid, le vétéran Kerubim !

Si c'est votre première visite, ***allez en 285****.*

Si vous êtes déjà venu auparavant, ***allez en 261****.*

252

Quand vous lui proposez de faire une nouvelle partie de triplette, Aléha décline votre offre.

« Il ne faut pas trop forcer la chance. Nous referons une partie lors de ta prochaine visite à la taverne. D'ici là, porte-toi bien, et n'oublie pas de croiser les doigts lorsque c'est nécessaire ! »

Retournez en 261.

253

Aléha vous fait signe de vous asseoir. Elle sourit de toutes ses dents pointues.

« Une petite partie de triplette, ça te tente ? C'est une bonne occasion de te faire quelques kamas… si tu es en veine, bien sûr. »

Si vous souhaitez qu'elle vous explique les règles de la triplette, ***allez en 290****.*

Pour commencer à jouer sans attendre, ***allez en 271****.*

Si vous n'avez pas encore discuté avec Aléha et que vous souhaitez mieux la connaître, ***allez en 262****.*

Pour choisir une autre façon de profiter de votre séjour à la taverne, ***allez en 261****.*

254

« Je vois que tu aimes toi aussi connaître les derniers potins. Rien ne remplace le frisson d'excitation que l'on ressent quand on apprend que Potan Nhin a teint sa barbe en rose, ou qu'un archer maladroit serait responsable de plusieurs accidents de chasse dans la forêt.

Tiens, pas plus tard que ce matin, le fils de la cousine de mon neveu m'a rapporté que les trois brigands seraient de retour ! J'ai aussi entendu dire que Xelorat Masket soupçonne l'existence d'un ancien portail magique ignoré de tous… et j'en ai appris un peu plus à propos de l'incendie qui a eu lieu sur l'Aire de l'Envol il y a quelques semaines. »

Si vous voulez en savoir plus sur les trois brigands, ***allez en 295****.*

Si vous préférez en apprendre davantage sur le portail magique, ***allez en 288****.*

C'est cette histoire d'incendie qui vous préoccupe ? ***Allez en 266.***

255

En vous voyant approcher, le vieil homme vide sa chope d'un trait.

« Salut, milicien ! Alors, on est venu s'humecter le gosier à la taverne de Grobid ? Si tu as envie de savoir ce qui se trame sur Incarnam, tu es au bon endroit. Que dirais-tu de m'offrir une petite limonade ? Avec une tranche de citron, s'il te plaît. »

Si vous acceptez de payer pour la limonade, retirez 1 kama de votre bourse.

Vous avez rempli la chope du vieillard ? ***Allez en 298.***

Vous refusez de payer pour ce vieux soiffard ? Il ne vous reste plus qu'à choisir une autre façon de profiter de votre séjour à la taverne. ***Allez en 261.***

256

« Je vois que vous êtes un Kerubim… vous savez donc vous battre ! J'ai deux armes exceptionnelles à vous proposer : une épée Tulante et un marteau de Boisaille. »

Pour en apprendre davantage sur l'épée, ***allez en 289****.*

Pour en apprendre davantage sur le marteau, ***allez en 280****.*

Si vous préférez vous renseigner sur les autres articles, ***allez en 263****.*

Pour choisir une autre façon de profiter de votre séjour à la taverne, ***allez en 261****.*

257

En tant qu'Enutrof, vous êtes plutôt près de vos kamas. Vous les comptez, vous les recomptez, vous les maintenez bien au chaud dans votre bourse. Ils sont un peu comme vos enfants. L'idée de devoir vous séparer de cinq d'entre eux vous arrache des larmes. Vous n'allez pas les abandonner à une étrangère si facilement !

Vous marchandez avec Hollie pour obtenir une réduction sur votre prochain achat. Vous bataillez ferme, mettant dans la balance la qualité des articles, les taxes en vigueur, votre situation financière précaire et l'alignement des étoiles. La pensée que le dieu Enutrof vous regarde peut-être en ce moment vous galvanise. Vous sentez presque le souffle de l'Avaricieux s'échapper de votre bouche pendant que vous débitez un flot de paroles ininterrompu.

Vous obtenez finalement plus qu'une simple réduction : éreintée par vos arguments, Hollie est prête à vous vendre l'un de ses objets pour 1 kama symbolique.

Lors de votre prochain achat, vous paierez 1 kama au lieu de 5. Vous pourrez profiter de ce tarif exceptionnel une seule fois.

*Si vous étiez intéressé par l'épée Tulante, **retournez en 289**.*

*Si vous étiez intéressé par le marteau de Boisaille, **retournez en 280**.*

*Si vous étiez intéressé par le sac à main, **retournez en 269**.*

*Si vous étiez intéressé par la cape de l'Alchimiste, **retournez en 272**.*

258

On dirait que c'est votre jour… vous gagnez cette manche et vous doublez votre mise initiale !

Doublez la somme mise de côté sur votre feuille de route, et ajoutez le total à votre bourse. Notez que vous avez remporté une manche.

*S'il vous reste encore une ou deux manches à jouer, **allez en 271**.*

Vous avez joué trois manches et terminé la partie ? Faites le compte des manches perdues et gagnées.

Si vous avez gagné les trois manches, ***allez en 267****.*
Si vous avez perdu les trois manches, ***allez en 264****.*
Dans les autres cas, ***allez en 294****.*

259

« Rykke Errel était un Iop qui avait tout pour lui. Il était jeune, beau, il avait le râble chaud, et il n'avait peur de rien. Sans doute est-ce pour cela qu'il se lia d'amitié avec le dragon Bolgrot, qui menaçait les terres du royaume d'Amakna. Plutôt que de se battre, comme on pouvait s'y attendre, ces deux-là devinrent les meilleurs potes du Monde des Douze… du moins jusqu'à l'arrivée de la belle Helséphine.

La jeune magicienne et le vaillant Rykke Errel tombèrent amoureux l'un de l'autre, ce qui ne plut pas du tout à Bolgrot. Jaloux comme un piou, mais féroce comme un dragon – forcément –, il laissa libre cours à sa rage. Helséphine, elle, y laissa la vie.

Rykke Errel pourchassa Bolgrot pour lui faire payer son acte odieux. Après une bataille qui fit trembler le ciel, la terre et tout ce qu'il y a entre les deux, le Iop et le dragon s'entretuèrent.

Dans le corps fumant de Bolgrot, on découvrit six œufs aux couleurs étranges… les six Dofus. Comment étaient-ils arrivés là, pourquoi le dragon les avait-il dérobés à leurs propriétaires légitimes ? Nul ne put le dire, et encore aujourd'hui, nul ne le sait.

Si un jour, tu parviens à réunir les Dofus, peut-être auras-tu la réponse ? »

Vous remerciez le vieillard pour son histoire, et vous le laissez finir sa limonade. Pour choisir une autre façon de profiter de votre séjour à la taverne, ***allez en 261***.

260

« Ho ho, tu es du genre curieux, pas vrai ? Mais ne compte pas sur moi pour te révéler les petits secrets des uns et des autres, je suis muet comme une tombe… sauf quand j'ai bu un peu trop de limonade. Ah tiens, ma chope est presque vide ! »

Si vous acceptez de payer pour une autre limonade, retirez 1 kama de votre bourse.

Vous avez rempli une nouvelle fois la chope du vieillard ? ***Allez en 283.***

Si vous préférez garder votre argent et parler des héros et des Dofus, ***allez en 270****.*

Si vous estimez qu'il a déjà assez bu et que vous voulez cependant entendre les rumeurs, ***allez en 254****.*

261

Vous pouvez quitter la taverne en buvant le reste de la potion qui vous a amené ici. Si vous partez, **retirez une potion de Grobid de votre feuille de route**. Retournez ensuite au paragraphe où vous avez laissé votre marque-page.

Vous désirez rester pour profiter de ce que la taverne peut vous offrir ?

Si vous voulez tenter votre chance aux dés en jouant avec Aléha, ***allez en 279****.*

Si vous voulez jeter un coup d'œil à la boutique de Hollie Brok, ***allez en 292****.*

Si vous voulez parler à Grobid, boire de l'eau de jouvence ou accéder à votre coffre, ***allez en 291****.*

Si vous voulez discuter avec l'habitué de la taverne, ***allez en 297****.*

262

Vous parlez de tout et de rien avec Aléha. Vous apprenez qu'après s'être envolée à bord d'un ballon céleste et avoir atteint le Monde des Douze, l'Ecaflip est vite retournée sur Incarnam, où elle vit désormais.

« Je me suis aperçue que je n'étais pas faite pour l'aventure. Je préfère ronronner tranquillement au coin du feu et jouer aux dés plutôt que de courir partout à la recherche des Dofus. Et puis, je ne suis pas sûre que les Dofus soient bien réels… ce n'est peut-être qu'une fable destinée aux enfants. »

Vous souriez. Vous croyez en cette fable. Et l'enfant qui est en vous est impatient de vivre les aventures que le destin lui réserve.

Aléha pousse un petit cri. Tout en discutant, elle vient de faire un double six avec les dés.

« Alors, et cette partie, tu es partant ? »

Si vous êtes un Ecaflip, ***allez en 296****.*

Si vous souhaitez qu'Aléha vous explique les règles du jeu, ***allez en 290****.*

Pour commencer à jouer sans attendre, ***allez en 271****.*

Pour choisir une autre façon de profiter de votre séjour à la taverne, ***allez en 261****.*

263

« S'il vous arrive d'utiliser des potions de soins, j'ai une superbe cape de l'Alchimiste qui pourrait vous intéresser. Et si votre sac est plein à craquer, pourquoi ne pas craquer vous-même pour un ravissant sac à main ? »

Pour en apprendre davantage sur le sac à main, ***allez en 269****.*

Pour en apprendre davantage sur la cape de l'Alchimiste, ***allez en 272****.*

Si vous préférez vous renseigner sur les armes, ***allez en 256****.*

Pour choisir une autre façon de profiter de votre séjour à la taverne, ***allez en 261****.*

264

Aléha se lève et vous tape sur l'épaule.

« Eh bien, on dirait que le mauvais sort s'est acharné sur toi… Heureusement, ce n'était qu'une partie de triplette ! Sans rancune ? J'espère te revoir à l'une de tes prochaines visites à la taverne ! »

Vous saluez Aléha, un peu dépité. ***Retournez en 261.***

265

Vous n'avez plus un sou. Grobid vous propose de faire un échange : si vous lui donnez un objet, il ouvrira votre coffre sans exiger d'autre paiement.

Si vous acceptez, choisissez un objet rangé dans une case et supprimez-le de votre inventaire. Cet objet peut être l'un de ceux rangés dans votre coffre.

Vous vous êtes mis d'accord avec Grobid ? Dans ce cas, il ouvre votre coffre avec son trousseau de clés. **Vous pouvez transférer des objets rangés à l'intérieur dans votre sac, et vice versa.** Une fois que vous avez terminé, Grobid ferme le coffre à clé. Vos objets personnels sont en sûreté.

Vous aimeriez demander autre chose à Grobid ? ***Allez en 291.***

Si vous voulez parler à une autre personne présente dans la taverne, ***allez en 261****.*

266

« L'incendie n'a pas fait de victimes, mais il y a eu d'importants dégâts matériels. Quant à savoir ce qui l'a provoqué… j'ai entendu plusieurs rumeurs. Il s'agirait d'un aventurier maladroit qui aurait mis le feu en jouant avec une fée d'artifice, ou bien d'un coup de foudre entre deux voyageurs en partance pour le Monde des Douze… on a même prétendu que c'est une petite fille avec des allumettes qui était responsable.

Il y a un autre bruit qui court, et je le trouve bien plus inquiétant. Certaines personnes ont affirmé avoir vu une créature voler dans le ciel, portant sur son dos un être à la chevelure de feu… un guerrier cruel armé d'une épée enflammée… qui serait capable de commander aux créatures de la nuit… Je me dis que ce sinistre personnage pourrait bien être responsable de ce qui s'est passé sur l'Aire de l'Envol. Et qui dit qu'il s'arrêtera là ? Je ne suis pas rassuré. »

Cette rumeur est-elle vraie, ou bien ne s'agit-il que de peurs irrationnelles ? Vous remerciez le vieillard, et vous le laissez finir sa limonade. Pour choisir une autre façon de profiter de votre séjour à la taverne, ***allez en 261****.*

267

Bien que vous ayez tout raflé, la bonne humeur d'Aléha ne semble pas entamée.

« Bravo, bien joué ! Tu ne serais pas de la famille du Chacha Chanceux, par hasard ?

Ce n'est pas tous les jours que je rencontre un veinard dans ton genre. Je vais ajouter un petit supplément à tes gains. Prends cette potion, je te l'offre. Elle te sera sans doute beaucoup plus utile qu'à moi. »

Aléha vous tend une fiole de verre teintée. Vous reconnaissez une potion de mini-soins.

Vous pouvez l'utiliser immédiatement : dans ce cas, **vous récupérez 1 Point de Vie.**

Si vous préférez la garder pour plus tard, vous la mettez dans votre sac. **L'objet occupe une case de votre inventaire, vous devez donc disposer d'un emplacement libre, à moins que vous ne possédiez d'autres potions identiques, auquel cas elles se rangent toutes dans la même case.**

Vous remerciez Aléha pour son cadeau, puis vous vous levez pour la saluer. ***Retournez en 261.***

268

« Je te sers une limonade bien fraîche ? C'est pour moi ! »

Grobid vous remplit une chope et trinque avec vous.

« Tu croyais que je servais de la bière, pas vrai ? Avec cette mousse, l'illusion est parfaite. Mais je ne sers plus de bière ici, depuis que la déesse Pandawa en personne a vidé tous mes fûts ! Elle a même éclusé mes réserves futures, c'est te dire si elle avait soif. »

La limonade est piquante et acidulée. Grobid vous parle de son passé chez les Kerubims. Il a une certaine nostalgie de l'époque où il arborait fièrement le blason de la milice céleste. Il vous montre une bannière cramoisie décorée de deux épées croisées sur un bouclier.

« Les Kerubims ne sont pas que les protecteurs d'Incarnam. Ils sont aussi un exemple pour toutes les jeunes âmes qui cherchent leur voie. Ils n'ont peut-être pas la clairvoyance des aigles célestes, mais ils sont eux aussi des guides spirituels, à leur manière. »

Grobid soupire, le regard perdu dans ses souvenirs.

*Si vous êtes un Pandawa, **allez en 278**.*

Si vous avez besoin de soins, vous pouvez demander à boire de l'eau de jouvence. ***Allez en 274.***

Si vous désirez louer un coffre pour y stocker des objets, ***allez en 286****.*

Si vous avez déjà loué un coffre et que vous voulez accéder à son contenu, ***allez en 284****.*

Enfin, si vous voulez faire autre chose durant votre séjour à la taverne, ***allez en 261****.*

269

« Le sac à main ressemble à un bracelet de cuir avec une poche, il s'attache autour de votre poignet. Le modèle que je vous propose n'est pas ordinaire : il est magique et peut contenir n'importe quel objet, quelle que soit sa taille. Le prix de vente est de 5 kamas, une misère pour un produit aussi innovant. C'est Poss'Ybel Nhin qui a conçu cet article, elle est très respectée parmi les artisans d'Incarnam. »

Si vous êtes un Enutrof et que vous n'avez jamais marchandé avec Hollie, ***allez en 257****.*

Le sac vous permet de débloquer 1 case d'inventaire supplémentaire. Si vous décidez de l'acheter, retirez 5 kamas de votre bourse. Vous ne pouvez posséder qu'un seul sac.

Si vous voulez en savoir plus sur la cape de l'Alchimiste, ***allez en 272****.*

Si vous préférez vous renseigner sur les armes, ***allez en 256****.*

Pour choisir une autre façon de profiter de votre séjour à la taverne, ***allez en 261****.*

270

« Ah, les Dofus ! Je suis sûr que les dragons qui les ont pondus ne se sont pas doutés de ce qui allait arriver à cause de leurs œufs… Savais-tu que les six Dofus avaient déjà été réunis ? Bien sûr, je suis bête, tu connais forcément la légende de Rykke Errel.

Mais revenons aux héros d'Incarnam. As-tu déjà entendu parler de Hargnok le Marteleur ? Et de l'histoire de Celle qui murmurait à l'oreille des dragons ? »

Vous demandez au vieillard de vous rafraîchir la mémoire à propos de Rykke Errel ? ***Allez en 259.***

Vous voulez en savoir plus sur le destin de Hargnok ? ***Allez en 281.***

Vous préférez entendre l'histoire de Celle qui murmurait à l'oreille des dragons ? ***Allez en 273.***

271

Vous prenez dans votre main la paire de dés à six faces qui se trouve sur la piste circulaire devant Aléha.

« Vas-y, choisis le montant de ta mise, puis lance-toi ! »

Pour pouvoir miser, vous devez posséder la somme correspondante dans votre bourse.

Si vous voulez miser 1 kama, ***allez en 293****.*

Si vous voulez miser 2 kamas, ***allez en 287****.*

Si vous voulez miser 3 kamas, ***allez en 282****.*

Si vous souhaitez qu'Aléha vous explique les règles du jeu, ***allez en 290****.*

Si vous n'avez plus de kamas, vous êtes obligé d'aban-

donner la partie. Vous déclarez forfait et vous saluez Aléha. ***Retournez en 261.***

272

« Cette cape molletonnée a été inspirée par la célèbre cape S'loque, qui obligeait son porteur à hurler en permanence. Rassurez-vous, cette version n'étouffe pas les bruits. Elle a été traitée alchimiquement pour augmenter l'efficacité des remèdes. En la portant, vous transformez vos potions de mini-soins en potions de maxi-soins ! Elle est à vous pour 5 kamas. Oui, je sais, c'est presque donné. »

Si vous êtes un Enutrof et que vous n'avez jamais marchandé avec Hollie, ***allez en 257.***

La cape de l'Alchimiste augmente de 1 les soins reçus en buvant des potions. Si vous décidez de l'acheter, retirez 5 kamas de votre bourse. L'objet occupe une case de votre inventaire, vous devez donc disposer d'un emplacement libre. Vous ne pouvez posséder qu'une seule cape.

Si vous voulez en savoir plus sur le sac à main, ***allez en 269****.*
Si vous préférez vous renseigner sur les armes, ***allez en 256****.*
Pour choisir une autre façon de profiter de votre séjour à la taverne, ***allez en 261****.*

273

« Incarnam a connu plusieurs catastrophes au cours de son histoire. Il y a eu des invasions de créatures malfaisantes, des épidémies, des tempêtes dévastatrices, un raz-de-marée nuageux, une canicule, une grève des Kerubims, un concert géant de Francisque Kabroule, un match de Boufbowl qui a mal tourné… mais ce qui a le plus marqué les esprits, c'est le grand tremblement de roche qui a secoué l'île il y a de cela plusieurs décennies.

C'était la panique. Tout le monde courait partout, pas seulement les aventuriers. Les érudits ne savaient pas ce qui avait provoqué le phénomène, mais ils étaient unanimes : quelque chose avait troublé le sommeil du Dragon d'Incarnam. S'il se réveillait, cela pourrait bien signifier la fin de l'île céleste.

C'est alors qu'une jeune femme est apparue. Beaucoup de personnes ont parlé d'elle, mais nul n'est parvenu à se souvenir de son apparence. Était-elle une adepte des Douze, une humaine, une Bworkette ? Le mystère reste entier. En revanche, tout le monde se souvient que la lumière de plusieurs Dofus l'accompagnait.

Si l'on en croit les témoignages, l'inconnue s'est rendue dans la forêt. Elle a trouvé une clairière, puis elle s'est couchée sur le sol rocailleux, sans se préoccuper des soubresauts qui agitaient la terre. Et elle a commencé à chuchoter.

Quelques instants plus tard, les secousses se sont arrêtées. Le calme est revenu. Le dragon s'était rendormi.

La jeune femme est repartie comme elle était venue. Nul ne sait ce qu'elle a murmuré à l'oreille du Dragon d'Incarnam. Peut-être lui a-t-elle juste chanté une berceuse, après tout ? »

Vous remerciez le vieillard pour son histoire, et vous le laissez finir sa limonade. Pour choisir une autre façon de profiter de votre séjour à la taverne, ***allez en 261****.*

274

Le tavernier prend un bol de cristal, puis il le remplit en le trempant dans une vasque blanche qui se trouve derrière le comptoir.

« Si tu as besoin de te refaire une santé, je ne connais rien de meilleur que l'eau de jouvence d'Incarnam. Fais-moi confiance, j'en ai bu des litres et des litres quand j'étais un aventurier fougueux et téméraire. Sans son pouvoir, je n'aurais pas fait long feu. »

Vous buvez l'eau contenue dans le bol. ***Allez en 300.***

Vous pensez finalement ne pas avoir besoin de cette eau, mais vous aimeriez demander autre chose à Grobid. ***Allez en 291.***

Si vous voulez parler à une autre personne présente dans la taverne, ***allez en 261****.*

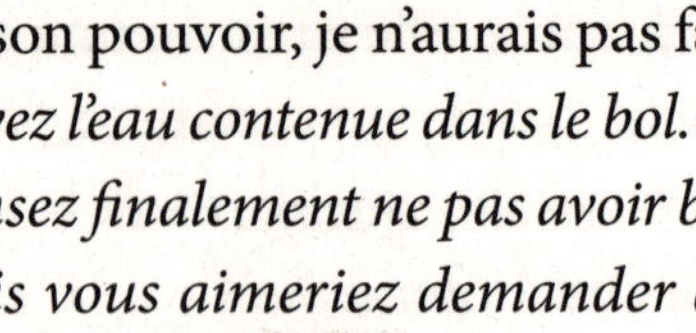

275

Le vieillard lève la tête et hausse ses sourcils broussailleux.

« Encore toi ? On va finir par croire que nous sommes comme cul et chemise ! J'ai besoin d'être un peu seul avec mes pensées, si tu veux bien. Reviens plus tard, nous boirons une limonade ensemble. »

Retournez en 261.

276

En discutant avec la sympathique marchande, vous apprenez que sa famille fait du commerce depuis des générations. Chez les Brok, on a le sens des affaires ! Sa sœur Anta est connue dans tout Incarnam pour brocanter toutes sortes d'objets aux aventuriers de passage. Hollie, quant à elle, s'est plutôt spécialisée dans les articles de prestige fabriqués par des artisans chevronnés. Pas question de mégoter sur la qualité de la marchandise ! Anta n'a jamais eu de problème avec ses clients. Mais tous les vendeurs installés sur l'île céleste n'ont pas sa probité. Dernièrement, on raconte même qu'un colporteur malhonnête vendrait des attrape-Dofus, des bouts de bois complètement inutiles qui s'avèrent être plutôt des attrape-nigauds…

Si vous voulez en savoir plus sur les armes vendues par Hollie, ***allez en 256****.*

Si vous voulez voir les autres articles disponibles, ***allez en 263****.*

Pour choisir une autre façon de profiter de votre séjour à la taverne, ***allez en 261****.*

277

Les dés ne vous sont pas favorables… vous perdez votre mise !

Supprimez la somme mise de côté sur votre feuille de route, et notez que vous avez perdu une manche.

S'il vous reste encore une ou deux manches à jouer, ***allez en 271****.*

Vous avez joué trois manches et terminé la partie ? Faites le compte des manches perdues et gagnées.

Si vous avez gagné les trois manches, ***allez en 267****.*

Si vous avez perdu les trois manches, ***allez en 264****.*

Dans les autres cas, ***allez en 294****.*

278

L'histoire de la déesse Pandawa a aiguisé votre curiosité. La Grande Ourse Qui Mousse est-elle vraiment venue ici ?

« Tu ne me crois pas ? Ah, Pandawa de peu de foi ! Laisse-moi te montrer quelque chose. »

Grobid fouille sous son comptoir, puis sort une bouteille de verre épais.

« Quand la déesse a débarqué ici, elle a fait tourner le lailait par sa seule présence, le transformant en lait de bambou fermenté. Si tu n'as pas peur de te blanchir les dents, tu peux goûter. »

Grobid vous sert un petit verre de lait fermenté. L'odeur qui s'en dégage évoque les forêts de bambou de Pandala.

Vous buvez le contenu du verre cul sec. Une chaleur irradie dans tout votre corps poilu, bien que le lait ait été aussi frais qu'un flocon de neige.

La bénédiction de la déesse Pandawa est sur vous.

Si vous étiez blessé, vos Points de Vie remontent au maximum. De plus, vous pouvez ajouter 1 Point de Vie supplémentaire à votre total maximum de Points de Vie (vous passez ainsi à 6). Ce Point de Vie supplémentaire perdurera jusqu'à votre prochaine perte de Points de Vie.

Un tel breuvage ne peut avoir été créé par un mortel. Ça, c'est une boisson de héros ! Vous remerciez Grobid tout en lâchant un rot de satisfaction.

*Si vous désirez louer un coffre pour y stocker des objets, **allez en 286**.*

*Si vous avez déjà loué un coffre et que vous voulez accéder à son contenu, **allez en 284**.*

*Enfin, si vous voulez faire autre chose durant votre séjour à la taverne, **allez en 261**.*

279

Aléha l'Ecaflip semble perdue dans ses pensées. Elle lance distraitement ses dés sur une piste de velours vert. Lorsque vous approchez, elle vous regarde du coin de l'œil, tandis qu'un frisson semble parcourir son pelage cendré. La fièvre du jeu, sans doute !

Si vous n'avez pas encore rejoué avec Aléha depuis votre dernière visite à la taverne, ou si vous n'avez jamais joué, ***allez en 253****.*

Dans le cas contraire, ou si vous n'avez plus de kamas dans votre bourse, ***allez en 252****.*

280

« Le marteau de Boisaille a été inventé par un bricoleur hargneux, mais ne vous y trompez pas, il ne sert pas à planter des clous. Si vous tenez le manche fermement et que vous faites des moulinets tout en poussant des cris de rage, vous maintiendrez vos adversaires à distance, aussi nombreux soient-ils. Son prix est tellement abordable que cela prête à sourire. 5 kamas, et le marteau est à vous ! »

Si vous êtes un Enutrof et que vous n'avez jamais marchandé avec Hollie, ***allez en 257****.*

Si vous décidez d'acheter le marteau de Boisaille, retirez 5 kamas de votre bourse. L'objet occupe une case de votre inventaire, vous devez donc disposer d'un emplacement libre. Vous ne pouvez posséder qu'un seul marteau. Si vous avez plusieurs armes différentes dans votre inventaire, vous devrez choisir laquelle utiliser au début de chaque combat.

Si vous voulez en savoir plus sur l'épée Tulante, ***allez en 289****.*

Si vous voulez voir les autres articles disponibles, ***allez en 263****.*

Pour choisir une autre façon de profiter de votre séjour à la taverne, ***allez en 261****.*

281

« Comme son nom l'indique, Hargnok n'était pas ce que l'on appelle un tendre. Il aurait donné du fil à retordre à Brutas et peut-être même à Goultard le barbare. Armé de son marteau de jade de sept pieds de long, il affrontait ses adversaires par paquets de douze. Il n'aimait rien tant que fracasser les crânes, briser les os, fracturer les bassins et pulvériser les rotules. Il riait aux éclats tout en éclatant ses ennemis.

Heureusement pour le bon peuple d'Incarnam, Hargnok n'était pas méchant. Il était même plutôt serviable tant qu'il s'agissait de casser quelque chose. Les dents, les carreaux, les pieds, tout y passait.

Hargnok adorait les œufs, surtout ceux de dragon. Ceux-là, il ne les cassait pas. Il avait trouvé plusieurs Dofus. L'omelette de Hargnok a été un plat très en vogue à l'époque. Elle était cuite avec les morceaux de coquille, ce qui la rendait croquante et piquante pour le palais.

Un jour, alors que Hargnok se tenait ici même, mangeant une tartine de confiture et buvant une bière bien fraîche au comptoir – la déesse Pandawa n'était pas encore passée par là –, un Crâ fit irruption dans la taverne. Il annonça avoir découvert un passage vers un donjon oublié de tous, peuplé de monstres enragés. Il avait tenté d'explorer les lieux, mais submergé par le nombre d'adversaires, il n'avait pas pu aller bien loin.

Hargnok vit là l'occasion de sortir son marteau. Guidé par le Crâ, il descendit un vieil escalier de pierre, fit un ultime salut aux quelques admirateurs venus l'encourager, et entra dans le donjon. Depuis, plus personne ne l'a revu.

Certains racontent que Hargnok a glissé sur une peau de bananagrume et a fait une mauvaise chute, d'autres qu'il a été terrassé par une horde de créatures féroces. Mais il en est qui pensent qu'il est toujours en vie, quelque part au fond du donjon d'Incarnam… »

Vous remerciez le vieillard pour son histoire, et vous le laissez finir sa limonade. Pour choisir une autre façon de profiter de votre séjour à la taverne, ***allez en 261****.*

282

Retirez 3 kamas de votre bourse. Notez cette somme mise de côté sur votre feuille de route.

Vous faites rouler les dés en espérant ne pas vous faire rouler.

Feuilletez rapidement les pages de ce livre, puis arrêtez-vous au hasard. Regardez le dernier chiffre du numéro de la page de droite.

*Si ce chiffre est 1 ou 9, **allez en 277**.*

*Si ce chiffre est 5 ou 7, **allez en 258**.*

*Si ce chiffre est 3, **allez en 299**.*

283

« Merci pour la chope ! Sluuuuurp. Burp ! Pardon. Alors comme ça, tu aimes quand on te révèle des secrets ? Petit sacripant. Tu ne m'as pas l'air d'avoir de mauvaises intentions, alors je vais t'en dire un.

Approche-toi, je ne vais pas le hurler à la cantonade… Pas si près, tudiou, tu veux me chatouiller le bout du nez avec les poils de tes oreilles ?

… Tu sais ce qu'il y a dans les fameuses potions de Grobid ? Des pétales jaunes écrasés et de la poudre de fleur séchée. Eh ouais. Il récupère ça sur les plantes sauvages, et après zou, ça part dans l'alambic. Pour la distillation, j'y connais rien, faut être alchimiste pour comprendre. C'est fou, non ? Au début, je croyais qu'il y avait aussi de la limonade, mais en fait non. Il faut dire qu'avec moi tout finit par avoir un goût de limonade. Blurp. Désolé ! »

Le secret dévoilé ne vous sera pas d'une grande utilité : vous n'êtes pas plus alchimiste que le vieillard. Vous laissez le buveur de limonade finir sa chope. Pour choisir une autre façon de profiter de votre séjour à la taverne, ***allez en 261***.

284

Grobid sort un trousseau de clés de sa poche. Il vous demande 1 kama pour ouvrir votre coffre.

Retirez 1 kama de votre bourse pour avoir accès au contenu de votre coffre.

Si vous n'avez plus de kamas et que vous tenez absolument à ouvrir votre coffre, ***allez en 265****.*

Si vous avez pu ouvrir votre coffre, vous pouvez transférer des objets rangés à l'intérieur dans votre sac, et vice versa.

Une fois que vous avez terminé, Grobid ferme le coffre à clé. Vos objets personnels sont en sûreté.

Vous aimeriez demander autre chose à Grobid ?

Allez en 291.

Si vous voulez parler à une autre personne présente dans la taverne, ***allez en 261****.*

285

Vous êtes dans la salle principale de la taverne. L'endroit est rustique mais chaleureux. Les murs en bois massif sont patinés par le temps. D'épais tapis écarlates recouvrent le parquet autour des tables. Des boucliers décoratifs et des crânes suspendus ornés de fleurs attestent du passé guerrier de Grobid, le propriétaire de l'établissement.

Les murmures des clients évoquent le feuillage bruissant dans les arbres. L'ambiance est calme, presque feutrée. Ici, pas de bagarres, pas d'ivrognes hurlant des chansons à boire.

Le tavernier sert des chopes derrière son comptoir. À votre arrivée, son visage sévère se fend d'un large sourire.

« Salut à toi, Kerubim ! Je ne t'ai jamais vu ici, tu es une nouvelle recrue, pas vrai ? Approche, viens boire un coup, que nous fassions connaissance ! »

Vous vous asseyez sur un tabouret devant le comptoir. Grobid vous serre la main d'une poigne de fer.

« Laisse-moi t'offrir quelques potions alchimiques en guise de cadeau de bienvenue ! En les buvant, tu

285 *Grobid le tarvernier.*

trouveras toujours le chemin de ma taverne. Enfin, presque toujours, car il arrive que leur pouvoir s'éteigne comme une flamme soufflée par les vents d'Incarnam… Heureusement, ce genre de désagrément arrive rarement, et ça n'est que temporaire. »

Ajoutez 4 potions de Grobid sur votre feuille de route. Vous pourrez les utiliser pour vous téléporter à la taverne depuis n'importe quel paragraphe, sauf si vous êtes engagé dans un combat.

« Si tu as besoin de te reposer après une mission difficile, tu es au bon endroit. J'ai de l'eau de jouvence qui apaise toutes les blessures. Je peux aussi te louer un coffre pour y ranger tes affaires. Mais peut-être as-tu envie de faire connaissance avec mes clients réguliers ? Il y a Aléha, l'Ecaflip joueuse, et Hollie Brok, qui essaiera sans doute de te vendre quelques-uns de ses articles… sans oublier le vieil habitué qui adore raconter toutes sortes d'histoires farfelues et colporter des rumeurs. »

*Pour décider de ce que vous allez faire durant votre séjour à la taverne, **allez en 261**.*

286

« Ha ha, tu manques de place, n'est-ce pas ? Tu as tendance à vouloir garder tout ce qui te tombe sous la main ? Je comprends ça, j'ai été un véritable écureuil à une époque. Mais dans la vie, il faut parfois faire des choix.

Si ça t'intéresse, je te loue un coffre où tu pourras entreposer du matériel. Le prix de départ est modeste : un seul kama. À chaque fois que tu ouvriras ton coffre, cela te coûtera un kama de plus. Marché conclu ?

Si vous acceptez son offre, retirez 1 kama de votre bourse. Le coffre vous permet de débloquer 3 cases d'inventaire supplémentaires. Le coffre n'est accessible que durant une visite à la taverne. Vous ne pouvez louer qu'un seul coffre.

Pour accéder au contenu de votre coffre, ***allez en 284****.*

Vous aimeriez demander autre chose à Grobid ? ***Allez en 291.***

Si vous voulez parler à une autre personne présente dans la taverne, ***allez en 261****.*

287

Retirez 2 kamas de votre bourse. Notez cette somme mise de côté sur votre feuille de route.

Vous jetez les dés en vous persuadant que vous allez gagner.

Feuilletez rapidement les pages de ce livre, puis arrêtez-vous au hasard. Regardez le dernier chiffre du numéro de la page de droite.

Si ce chiffre est 1 ou 9, ***allez en 277****.*

Si ce chiffre est 5 ou 7, ***allez en 258****.*

Si ce chiffre est 3, ***allez en 299****.*

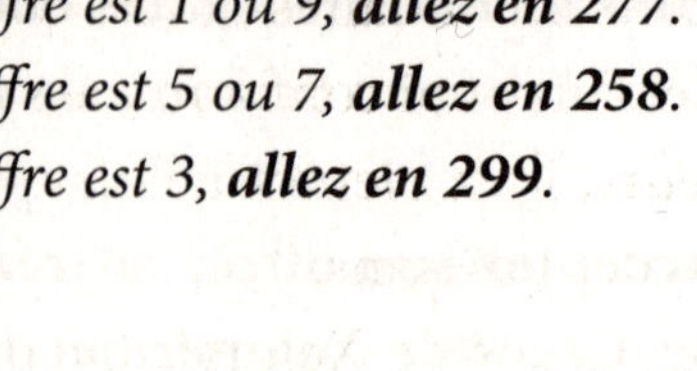

288

« Xelorat est une spécialiste des portails magiques que nous appelons zaaps. Accessoirement, elle adore aussi la limonade. J'ai bu quelques chopes avec elle hier soir, et je crois qu'elle a un peu abusé de la boisson… je voyais des bulles lui ressortir du nez ! Quoi, tu ne savais pas que l'on pouvait abuser de la limonade ? Ce n'est pas parce que c'est sans alcool qu'il n'y a pas d'effets secondaires quand on lève un peu trop le coude. Fais-moi confiance, je sais de quoi je parle. D'ailleurs, il va bientôt falloir que je pense à changer l'eau des poissons.

Mais je te parlais de Xelorat. Quand elle a des bulles dans le nez, elle est plutôt bavarde. Elle m'a confié qu'un aventurier lui avait montré une statuette de pierre avec d'étranges symboles rappelant ceux gravés sur les arches des zaaps. Ça lui a rappelé de vieux parchemins qui traînaient dans son atelier… la statuette pourrait bien prouver l'existence d'un portail magique caché dans les profondeurs d'Incarnam. Quant à savoir où mène ce portail… seul le Dragon d'Incarnam le sait ! »

*Cette rumeur est-elle vraie, ou bien ne s'agit-il que d'un délire dû à l'absorption d'une trop grande quantité de limonade ? Difficile de le savoir. Vous remerciez le vieillard, et vous le laissez finir sa chope. Pour choisir une autre façon de profiter de votre séjour à la taverne, **allez en 261**.*

289

« L'épée Tulante est une lame remarquable. Non seulement elle n'a pas sa pareille pour couper le jambon, mais elle a le pouvoir de voler la vie de vos adversaires. Évidemment, si vous essayez de voler la vie d'une tranche de jambon, le résultat n'est pas garanti. Je peux vous céder l'épée Tulante contre la modique somme de 5 kamas. »

*Si vous êtes un Enutrof et que vous n'avez jamais marchandé avec Hollie, **allez en 257**.*

Si vous décidez d'acheter l'épée Tulante, retirez 5 kamas de votre bourse. L'objet occupe une case de votre inventaire, vous devez donc disposer

d'un emplacement libre. Vous ne pouvez posséder qu'une seule épée. Si vous avez plusieurs armes différentes dans votre inventaire, vous devrez choisir laquelle utiliser au début de chaque combat.

Si vous voulez en savoir plus sur le marteau de Boisaille, ***allez en 280****.*

Si vous voulez voir les autres articles disponibles, ***allez en 263****.*

Pour choisir une autre façon de profiter de votre séjour à la taverne, ***allez en 261****.*

290

« La triplette est un jeu de mise assez simple, qui peut te permettre de tripler ta mise de départ si tu réussis à faire un doublé ou un 3 avec les dés. Pour ne pas froisser la susceptibilité des dieux, le 12, et donc le double 6, est ignoré.

Si tu obtiens 5, 6 ou 7 en additionnant la valeur des dés, tu doubles ta mise. Si tu obtiens une autre valeur, tu perds tes kamas… qui vont alors dans ma poche !

Une partie de triplette se joue en trois manches. Tu peux miser jusqu'à 3 kamas par manche, mais si tu veux terminer la partie, fais attention de garder de l'argent pour pouvoir continuer jusqu'au bout.

Prêt à jeter les dés ? »

Pour commencer à jouer sans attendre ou pour poursuivre une partie en cours, ***allez en 271****.*

Pour choisir une autre façon de profiter de votre séjour à la taverne, ***allez en 261****.*

291

Grobid vous tape sur l'épaule d'un geste amical. Il est toujours ravi d'avoir un Kerubim dans sa taverne !

« Qu'est-ce que je peux faire pour toi, mon ami ? »

Si vous avez besoin de soins, vous pouvez demander à boire de l'eau de jouvence. ***Allez en 274.***

Si vous désirez louer un coffre pour y stocker des objets, ***allez en 286****.*

Si vous avez déjà loué un coffre et que vous voulez accéder à son contenu, ***allez en 284****.*

Si vous n'avez pas encore trinqué avec Grobid et que vous voulez en savoir plus sur lui, ***allez en 268****.*

Enfin, si vous voulez faire autre chose durant votre séjour à la taverne, ***allez en 261****.*

292

Hollie Brok est une commerçante énergique dont la réputation n'est plus à faire. On dit qu'elle déniche les meilleurs produits au meilleur prix.

Si vous voulez en savoir plus sur les armes vendues par Hollie, ***allez en 256****.*

Si vous voulez voir les autres articles disponibles, ***allez en 263****.*

Si vous n'avez pas encore eu l'occasion de faire connaissance avec Hollie et que vous voulez discuter le bout de gras, ***allez en 276****.*

Pour choisir une autre façon de profiter de votre séjour à la taverne, ***allez en 261****.*

293

Retirez 1 kama de votre bourse. Notez cette somme mise de côté sur votre feuille de route.

Vous lancez les dés en priant les dieux de guider votre main.

Feuilletez rapidement les pages de ce livre, puis arrêtez-vous au hasard.

Regardez le dernier chiffre du numéro de la page de droite.

*Si ce chiffre est 1 ou 9, **allez en 277**.*

*Si ce chiffre est 5 ou 7, **allez en 258**.*

*Si ce chiffre est 3, **allez en 299**.*

294

Aléha se lève, un sourire sur les lèvres.

« La partie est terminée ! Peu importe ce que tu as gagné ou perdu, l'important, c'est d'avoir laissé le hasard décider pour toi. J'espère te revoir à l'une de tes prochaines visites à la taverne ! »

Vous saluez Aléha. ***Retournez en 261.***

295

« L'histoire des trois brigands est une fable que l'on raconte aux enfants, mais ces vils gredins ont bel et bien existé. Ils ont fait parler d'eux il y a bien longtemps. On les surnommait les Trois Crânes. Ils étaient frères, et ils commandaient une bande de scélérats qui se livrait à toutes sortes d'exactions.

Leur vie de rapine s'est plutôt mal terminée : après avoir eu la mauvaise idée de s'attaquer à des dieux de passage sur Incarnam, ils ont trépassé vite fait. Tous leurs complices ont été transformés en chafers ricanants.

On dit aujourd'hui que les Trois Crânes seraient revenus. Ils se seraient même alliés avec trois autres bandits célèbres dans le Monde des Douze… Ça commence à faire beaucoup de malfrats au kamètre carré !

J'ai cru comprendre que des aventuriers de haut rang se sont lancés à la poursuite de tous ces vauriens… j'espère qu'ils leur mettront le grappin dessus. Je tiens à dormir tranquille, sans me réveiller le matin avec un couteau planté dans le dos. Mes rhumatismes me font déjà assez souffrir comme ça. »

Cette rumeur est-elle vraie, ou bien ne s'agit-il que de ragots sans fondements ? Difficile de le savoir. Vous remerciez le vieillard, et vous le laissez finir sa limonade. Pour choisir une autre façon de profiter de votre séjour à la taverne, ***allez en 261****.*

296

Aléha vous regarde et vous fait un clin d'œil complice.

« Je vois bien que ça te démange de lancer les dés. Tu es comme moi, un disciple du Grand Taquin. Mais tu parais bien plus audacieux que je ne le serai jamais…Tu m'as l'air d'être embarqué dans une drôle de partie, aux enjeux très importants. Je ne suis au courant de rien, je te dis ça d'instinct… et mon instinct me trompe rarement. »

Aléha jette les dés sur la piste devant elle.

« Double six ! Voilà un bon présage… On dirait que la chance est avec toi. Il ne reste qu'à espérer que ça va continuer… testons ta bonne fortune en faisant une partie de triplette ! »

Ecaflip semble vous sourire. **Lors de votre prochaine partie de triplette, vous pourrez si vous le souhaitez ajouter 1 au chiffre que le hasard déterminera, et ce durant les trois manches de la partie.**

Si vous souhaitez qu'Aléha vous explique les règles du jeu, ***allez en 290****.*

Pour commencer à jouer sans attendre, ***allez en 271****.*

Pour choisir une autre façon de profiter de votre séjour à la taverne, ***allez en 261****.*

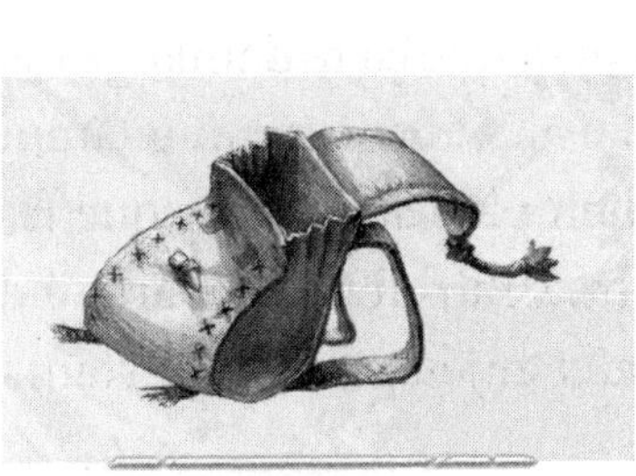

297

Installé au bout du comptoir, le vieillard vêtu de vert semble pensif. Il contemple le fond de sa chope, qui est probablement presque vide.

Si vous n'avez pas encore discuté avec le vieil habitué depuis votre dernière visite à la taverne, ou si vous ne lui avez jamais parlé, ***allez en 255****.*

Dans le cas contraire, ***allez en 275****.*

298

« Tu es bien gentil. J'ai vu tout de suite que tu étais différent des petits jeunes qui s'arrêtent de temps en temps à la taverne. Ils sont toujours pressés, ils n'ont pas de temps à accorder à une âme solitaire dont la peau est plus ridée que l'écorce d'un vieux frêne. Sluuurp. Haaa, ça fait du bien par où ça passe !

Alors, qu'est-ce que tu racontes de beau ? Comment ça, pas grand-chose ? Ah, ces Kerubims, ils ne sont pas très bavards ! C'est pas grave, je peux jacasser pour deux ! J'ai les oreilles qui traînent un peu partout. Tu veux que je te parle des héros qui ont parcouru Incarnam en quête de gloire et de Dofus ? Ou bien préfères-tu être mis au courant des rumeurs qui circulent en ce moment ? »

Si vous voulez que le vieillard vous parle des héros et des Dofus, ***allez en 270****.*

Si vous êtes curieux d'entendre les rumeurs, ***allez en 254****.*

Si vous êtes intéressé par des informations un peu plus confidentielles, ***allez en 260****.*

299

Vous réussissez un beau doublé ! On dirait que le dieu Ecaflip vous apprécie. Vous gagnez cette manche et vous triplez votre mise initiale !

Triplez la somme mise de côté sur votre feuille de route, et ajoutez le total à votre bourse. Notez que vous avez remporté une manche.

S'il vous reste encore une ou deux manches à jouer, ***allez en 271****.*

Vous avez joué trois manches et terminé la partie ? Faites le compte des manches perdues et gagnées.

Si vous avez gagné les trois manches, ***allez en 267****.*

Si vous avez perdu les trois manches, ***allez en 264****.*

Dans les autres cas, ***allez en 294****.*

300

La douleur, la fatigue, les petits bobos et les grandes blessures, tout disparaît. Vous avez l'impression de revivre, voire de rajeunir.

Vous récupérez tous vos Points de Vie.

Vous remerciez Grobid pour ce miracle, mais il vous répond qu'il n'y est pour rien. C'est la magie d'Incarnam qui a fait tout le travail.

Vous souhaitez demander autre chose à Grobid. **Allez en 291.**

Vous vous éloignez du comptoir pour profiter des autres possibilités offertes par la taverne. **Allez en 261.**

LEXIQUE

CLASSES DE PERSONNAGES

Crâ : classe de personnages archers connus pour leur fierté et leur précision.

Ecaflip : classe de personnages guerriers adeptes des jeux de hasard.

Eniripsa : classe de personnages guérisseurs qui soignent grâce à un simple mot. Ils sont connus pour leur altruisme et leur passion des mots.

Enutrof : classe de personnages chasseurs de trésor. Ils ont une attirance irrésistible pour les kamas.

Féca : classe de personnages protecteurs réputés pour leur loyauté sans faille. Ils sont les meilleurs gardiens d'objets précieux.

Iop : classe de personnages guerriers réputés pour leur force et leur caractère de fonceur.

Osamodas : classe de personnages dont le pouvoir est d'invoquer des créatures.

Pandawa : classe de personnages adeptes des arts martiaux. Leur fort penchant pour le lait de bambou fermenté les rend parfois très bavards.

Sacrieur : classe de personnages berserkers qui décuplent leur force dès qu'ils sont frappés.

Sadida : classe de personnages protecteurs de la nature ayant un pouvoir d'invocation.

Sram : classe de personnages voleurs et assassins, ils ont aussi un goût prononcé pour les kamas, en particulier ceux des autres.

Xélor : classe de personnages mages qui contrôlent le temps.

AUTRES MOTS

Arakne : créature velue ressemblant à une araignée.

Bouftou : créature s’apparentant à un mouton.

Bourbassingue : monstre de boue.

Boufbowl : sport emblématique du Monde des Douze.

Bwork : personnage primitif à la peau verte et aux oreilles pointues n’ayant pas très bonne réputation.

Chacha : créature s’apparentant à un chat.

Chachachovage : créature s'apparentant à un chat sauvage.

Chafer : monstre à l’apparence de squelette en slip.

Corbac : créature s’apparentant à un corbeau.

Craqueboule : petite créature constituée de pierres.

Craqueleur : monstre de pierre.

Crocodaille : créature s’apparentant à un crocodile.

Dofus : œuf de dragon légendaire.

Dragodinde : créature très rapide utilisée comme monture.

Forgemage : artisan capable de modifier les caractéristiques d’un objet en utilisant la magie.

Gelano : anneau constitué de gelée.

Kama : monnaie du Monde des Douze.

Kamètre : unité de mesure du Monde des Douze.

Kanigrou : monstre s’apparentant à une hyène.

Karne : Monstre ressemblant à un énorme crâne monté sur pattes. On dit qu’il existerait des karnes ailées.

AUTRES MOTS

Kerubim : soldat de la milice céleste d'Incarnam.

Kilibriss : petite créature grimpeuse dotée d'un grand sens de l'équilibre.

Krosmoz : œuf-univers de Dofus.

Likrone : créature s'apparentant à une licorne.

Milimilou : monstre à tête de chien dont le repaire est le donjon d'Incarnam.

Minotoror : créature à tête de taureau pourvue de la force de cent Iops et de l'haleine de cent Bouftous.

Moskito : insecte s'apparentant à un moustique.

Moumoule : créature s'apparentant à une moule.

Pandala : île d'où est originaire le peuple Pandawa.

Piou/Pioussin : créature s'apparentant à un oiseau.

Poolay : créature s'apparentant à un poulet.

Quadramentaire : créature magique dont le corps est constitué des quatre éléments.

Shigekax : bonbon.

Sousouris : créature s'apparentant à une souris.

Tofu/Tofoune : petit oiseau de compagnie.

Trool : monstre s'apparentant à un troll.

Wabbit : créature s'apparentant à un lapin.

Zaap : portail magique qui permet de se téléporter à un endroit précis du Monde des Douze.

FEUILLE DE ROUTE

POINTS DE VIE *maximum*	5					
POINTS DE VIE *actuels*	5					
BOURSE *nombre de kamas*	5					

INVENTAIRE

CASE OBJET 1	[illegible]
CASE OBJET 2	[illegible]
CASE OBJET 3	[illegible]
CASE OBJET 4	[illegible]
CASE OBJET 5 *si sac à main acheté*	
CASE OBJET 6 *si coffre loué taverne*	
CASE OBJET 7 *si coffre loué taverne*	
CASE OBJET 8 *si coffre loué taverne*	

POTIONS DE GROBID *nombre de potions*	4	5	3	2	

FEUILLE DE ROUTE

NOTES

Nombre d'utilisation
du pouvoir : 5
3 manche perdue
manche gagnée
manche perdue

FEUILLE DE ROUTE

POINTS DE VIE
maximum

POINTS DE VIE
actuels

BOURSE
nombre de kamas

INVENTAIRE

CASE OBJET 1

CASE OBJET 2

CASE OBJET 3

CASE OBJET 4

CASE OBJET 5
si sac à main acheté

CASE OBJET 6
si coffre loué taverne

CASE OBJET 7
si coffre loué taverne

CASE OBJET 8
si coffre loué taverne

POTIONS DE GROBID
nombre de potions

FEUILLE DE ROUTE

NOTES

CE ROMAN VOUS A PLU ?

Découvrez un extrait du roman
Le réveil des créatures
de John & Carole E. Barrowman

Chapitre 1

Monastère d'Era Mina
Île d'Auchinmurn
Côte ouest d'Écosse
Moyen Âge

Cet ouvrage traite de la nature des bêtes.
Lisez-le à vos risques et périls.

C'est ainsi que commençait le livre que le vieux moine enluminait.

L'homme bâilla. Son menton tomba sur sa poitrine et ses paupières se fermèrent. Sa plume lui glissa des doigts, laissant sur le papier une traînée de minuscules larmes d'encre. Il venait de dessiner un griffon miniature dont les serres s'agrippaient à un « G » majuscule. Tandis qu'il s'assoupissait, le griffon bondit du coin de la page et fila sur le parchemin. Dans sa tentative d'évasion précipitée, la bête érafla de ses ailes coupantes les doigts du moine qui se réveilla et abattit aussitôt son poing sur la queue tranchante du griffon, le clouant au parchemin. Il le fusilla du regard. Le griffon poussa des grognements de mépris et lacéra la page de ses griffes. Le moine chassa sa fatigue, se concentra, et, dans une explosion de couleurs et de lumière, le griffon se retrouva au coin de la page, accroché derechef au « G » majuscule.

En jetant un œil derrière lui, le vieux moine repéra son jeune apprenti. Ses pieds nus dépassaient du cadre de bois où séchait une peau tendue servant à fabriquer le parchemin.

Il va falloir prendre une décision, songea le vieux moine.

Il s'assura que son illustration était bien fixée à la page, puis reprit sa plume en se maudissant. Son propre manque de vigilance lui faisait honte et il décida de se priver de souper. Il tapota son ventre rebondi. Il y survivrait.

Mais l'apprenti ? Qu'en faire après ce dont il venait d'être témoin ? Le vieux moine ne tenait pas à en former un nouveau. Il n'en avait ni l'énergie ni le désir. De plus, son apprenti avait déjà prouvé ses talents de parcheminier. Il savait d'instinct combien de temps il fallait tremper les peaux dans la chaux et les raclait ensuite soigneusement pour les nettoyer. Il possédait déjà une calligraphie élégante pour son jeune âge et un véritable don d'alchimiste avec les encres. Au cours des mois précédents, grâce à son aide, le moine avait presque réussi à terminer les dernières pages du *Livre des bêtes*. Le garçon et ses compétences allaient lui manquer.

L'apprenti sentit que le vieux moine s'interrogeait sur son sort. Il entendait résonner comme un battement dans sa tête tandis que son maître réfléchissait. C'était un son rond et plein, à l'image du moine.

La mère de l'apprenti était la seule autre personne dont il pouvait ainsi percevoir les pensées. Cela lui faisait un drôle d'effet. Non qu'elle lui manquât. Loin de là. Sa mère et ses frères et sœurs vivaient dans le village, à l'extérieur du monastère. Mais entendre sa mère l'avait aidé bien souvent à échapper à sa colère, justifiée ou non. Le garçon reprit son pilon et son mortier et acheva de broyer les sels métalliques et les noix de galle destinés à la préparation des encres.

Le vieux moine se redressa. Que devait-il faire ? Qu'allait-il se produire s'il s'endormait vraiment durant son travail ? Il n'osait même pas l'imaginer. Cela lui était déjà arrivé et les conséquences avaient été tragiques. Il était alors jeune et inexpérimenté. Dans ses cauchemars, il pouvait encore entendre les hurlements de l'apprenti. Et il y avait eu tant de sang.

Non, il allait devoir prendre des mesures. Il

regarda son apprenti de la même manière qu'il avait toisé le griffon.

Mais le garçon était courageux et intelligent. Il savait que c'était un moment important dans sa brève existence. Il aimait la vie au monastère et ne voulait pas en partir. Il aimait le vieux moine avec qui il avait travaillé pendant presque une saison complète, depuis que son père l'avait échangé contre un droit de pâturage sur une terre appartenant au monastère, située à l'extérieur du village.

Le garçon savait que sa famille accordait une valeur considérable à cet échange passé avec les moines. Pour lui aussi, ça valait plus que tout au monde. C'était une époque où hommes, femmes et enfants croyaient aux miracles et à la sorcellerie. Une époque où rois et reines défendaient leur couronne avec des armées dont ils achetaient la loyauté avec des terres. Une époque où l'espoir et le bonheur dépendaient de votre lieu de naissance et de qui vous protégeait.

Alors oui, le garçon devait rester à tout prix auprès du vieux moine au sein de l'ordre religieux. Il adopta donc la seule attitude de mise en pareille circonstance. Sans ciller, il soutint le regard de son maître avec une concentration égale à la sienne.

Le moine lui lança un regard noir.

Le cœur du garçon cognait dans sa poitrine. Le battement résonnait si fort qu'il avait l'impression qu'un étau lui serrait le crâne et que sa cervelle allait exploser. Son nez se mit à saigner, coulant au fond du mortier qu'il tenait entre ses mains. Derrière le moine, le garçon pouvait distinguer la queue du griffon qui balayait la page. Mais il garda les yeux rivés sur son maître.

Après une éternité, l'étau se desserra, le battement des pensées du vieux moine s'arrêta, et le garçon crut entendre un soupir à l'intérieur de sa tête. Les épaules du moine s'affaissèrent et il se détourna. Le garçon s'essuya le nez sur sa manche.

Ah, songea le moine. *Je n'aurai jamais la force ni le goût de me mesurer à la bravoure de ce garçon. Il va me falloir compter sur lui pour préserver les secrets du monastère.* Il reporta son attention sur la bête.

Avec un immense soulagement, le garçon se remit à ses mixtures. Quand il eut fini de préparer l'encre, il remplit l'encrier du moine et rangea le surplus. Puis il se tourna vers la peau de chèvre tendue sur le cadre et laissa courir ses doigts sur la surface afin de vérifier que la peau avait correctement séché pour absorber les encres. Il regarda de nouveau le vieux moine qui se trouvait à son écritoire, et dont la plume plongeait régulièrement dans l'encrier. Sa concentration était si grande que le garçon savait que rien ne pourrait le détourner de son ouvrage jusqu'aux touches finales.

Bientôt, la lumière baissa dans la pièce, et le vieux

moine sentit ses pensées dériver encore une fois. Il nettoya la pointe de sa plume et la rangea à l'intérieur d'une pochette en cuir contenant ses outils. Puis il reboucha l'encrier avant de recouvrir la page qu'il illustrait de deux fines couches de vélin. Il rangea le tout sur l'étagère d'un placard, auprès de ses enluminures du mois dernier, et disposa une pierre polie sur le coin de chaque page. Demain, il commencerait l'enluminure de la dernière bête – la plus terrifiante de toutes – le Grendel.

Le moine ferma le placard, laissa glisser la clé dans la poche de son habit. Avant de tirer les volets, il jeta un œil par la meurtrière du mur de pierre, surpris un instant à la vue d'une chouette et de son petit s'élevant d'un arbre proche. *Un signe*, songea-t-il. *De bon augure, j'espère.*

– Les prières et ensuite nous discuterons du problème qui nous attend.

– Oui, maître.

Le garçon se plia au rituel de son maître, nettoya ses outils, les enveloppa dans leur poche de cuir souple et les déposa sur une écritoire.

Le vieux moine jeta de l'eau sur la tourbe qui brûlait dans l'âtre et enfila sa cape en fourrure. Au sol, le garçon ramassa son écharpe et son chapeau, puis fixa des semelles de cuir à ses pieds et suivit son maître jusqu'à la lourde porte de chêne.

– Solon, tu ferais bien d'oublier ce que tu as cru

voir tout à l'heure. C'était simplement un tour de ta jeune imagination.

Le garçon le dépassa et lui tint la porte ouverte.

– Pardonnez-moi, maître, mais ce n'était pas plutôt un tour de la vôtre ?

Chapitre 2

National Gallery
Londres
Aujourd'hui

Matt et Em Calder, des jumeaux de douze ans, étaient assis sur le banc de bois inconfortable de la salle du musée. Celui-ci n'était pas encore ouvert au public et il y régnait un grand calme. Le frère et la sœur étaient dépités. Aller voir des tableaux ne faisait pas partie des choses que leur mère leur avait promises aujourd'hui. Ils posèrent leur sac au sol et la fusillèrent du regard.

– Tenez-vous correctement et ne vous avisez pas de quitter ce banc, les menaça-t-elle. Vous m'entendez ? Je vous laisse ici dix minutes, maximum. Je serai là-bas, précisa-t-elle en indiquant un homme blond et grand, en complet, les bras chargés de livres.

Ce dernier leur adressa son signe de tête habituel.

pour observer une femme qui poussait un diable chargé d'une caisse en bois de la taille d'un tableau. Un gardien du musée la suivait de près. Il fit passer son badge sur le lecteur de l'ascenseur. Les portes s'ouvrirent. La femme refusa l'aide du gardien et poussa le diable à l'intérieur de la cabine. Les portes allaient se refermer quand le gardien les bloqua en avançant son pied, puis rejoignit la femme à l'intérieur.

– Matt ! cria la mère de celui-ci. Tu m'écoutes ?

Matt se vautra sur le banc, repoussant sa sœur à l'autre extrémité.

– C'est un tableau charmant à regarder pendant que vous patientez, reprit-elle. Peint par Georges Seurat. Il préférait les petits points aux coups de pinceau.

Les jumeaux froncèrent les sourcils simultanément.

– On sait, maugréa Em.

– Écoutez, ce n'est pas ce que nous avions prévu, j'en ai conscience, mais j'ai une affaire à régler avec... Et si nous allions nous baigner quand j'aurai fini ? Comme le garçon du tableau ?

Elle accrocha son sac de coursier en cuir à son épaule.

– Alors, c'est d'accord ?

Em acquiesça. Elle était toujours la première à céder dans ce genre de situation. Matt haussa les épaules.

PAPIER À BASE DE FIBRES CERTIFIÉES

Le Livre de Poche s'engage pour l'environnement en réduisant l'empreinte carbone de ses livres. Celle de cet exemplaire est de :
500 g éq. CO_2
Rendez-vous sur www.livredepoche-durable.fr

« Pour l'éditeur, le principe est d'utiliser des papiers composés de fibres naturelles, renouvelables, recyclables et fabriquées à partir de bois issus de forêts qui adoptent un système d'aménagement durable. En outre, l'éditeur attend de ses fournisseurs de papier qu'ils s'inscrivent dans une démarche de certification environnementale reconnue. »

Édité par la Librairie Générale Française - LPJ
(58 rue Jean Bleuzen, 92170 Vanves)

Composition Nord Compo
Achevé d'imprimer en Espagne par CPI
Dépôt légal 1re publication : Juin 2017
31.3529.4/01 - ISBN : 978-2-01-701017-3
Loi n° 49-956 du 16 juillet 1949 sur les publications destinées à la jeunesse
Dépôt légal : Juin 2017